SYNDUALITY
ELLIE

Novel:Hatano Masaru, Cover&Color Illustration:neco
Illustration in the text:Midorikawa You, Character Design Cooperation: Mishima Hiroji
Original Story:MAGUS

CONTENTS

SYNDUALITY ELLIE

CHRACTERS

SYNDUALITY ELLIE

↘ PROFILE

エリー

『アヴァンチュール』所属のドリフター。
幼なじみのカナタに思いをよせるもノワールやシエルが現れ頭を悩ます。

↘ TYPE

☑ HUMAN
☐ MAGUS

ELLIE

↘ PROFILE

アンジェ

エリーのパートナーメイガス。
奥手なエリーをおちょくりつつ、優しさも垣間見える。

↘ TYPE

☐ HUMAN
☑ MAGUS

ANGE

↘ PROFILE

カナタ

ロックタウンで暮らす少年。
夢の実現の為にドリフターを目指している。

↘ TYPE

☑ HUMAN
☐ MAGUS

KANATA

↘ PROFILE

ノワール

過去の記憶を失っているメイガス。
廃墟となったミュージアムでカナタが発見した。

↘ TYPE

☐ HUMAN
☑ MAGUS

NOIR

SYNDUALITY ELLIE

波多野 大

MF文庫J

口絵●neco
本文イラスト●緑川葉

８年前

「ねえ、エリー？　夢ってなに？」

姉の膝の上にすっぽりとおさまり、小さな肩の下まで伸びた髪を丁寧に梳《す》かれているエリーが答える。

「お姫さま！」

「え？」

「それでね、迎えに来てもらうんだ、白い馬に乗った王子様に！」

エリーのきらきら輝く瞳の中には、今その場にはいない男の子の姿がハッキリと浮かんでいる。カナタという名の少年だ。考えるだけで、エリーの胸は甘いお菓子で満たされるような気がした。

キユキユッとたっぷりにまとめられた二つ結びが完成した。

「はい、できた。いってらっしゃい。と、その前に合言葉」

「スカート広げない！　グーで殴らない！　かけっこは本気出さない！」

「オッケー、いっておいで」

エリーはお出かけ用のお気に入りを羽織って「いってきまーす」と飛んでいく。

その背を見送った姉のマリアは、途中で止めていた宇宙工学に関する資料の精読に戻る。

だが、すぐに手を止めた。

「どこかにあったっけ？　王政のネスト。いや、あるわけないか」

だが当時のエリーは、そんなこと知る由《よし》もない。

「グッドラック、エリー」

ぴょんぴょんと二つ結びをはね上げながら、エリーはロックタウンの児童公園に駆け出していった。


——その数年後。エリーはロックタウンでも名うてのドリフター集団【アヴァンチュール】に加わり、どこまでいっても広がる荒々しい大地を駆けＡＯ結晶を採取するコフィン乗りになったのだった。

＃01　雨降って地固まる？

アヴァンチュールが運営しているハンガーで、私はひと仕事終えたコフィンについたしつこい汚れを落とそうと格闘中。

ツナギを腰ではき、上半身はピンクのTシャツ一枚の姿でデッキブラシを、私のコフィンにワシワシワシワシこすりつける。

「メンテ終わったら、カナタに会いに行くんでしょ」

相棒のメイガス、アンジェがまた適当な事を言い出した。

「行かないよ。約束もしてないし」

「だから行くのに」

「え。でもそれって迷惑じゃない？」

私、なにか間違ったこと言ってるだろうか？

「あんまりのんびりしてると掻《か》っ攫《さら》われるわよ、ボインボインな床上手《とこじょうず》に」

はあ!?

「カナタはそんなんじゃないもん！」

そう、そんなんじゃない。

でもアンジェがそんなこと言うから、考えたくなくても想像してしまう。ああ、脳みそってどうしてこんなに勝手なの。たまには言う事を聞いてほしい。

「あ、効いてる」

手の力が抜けて取り落としてしまったデッキブラシを、アンジェが渡してくれた。

身勝手なのは脳みそだけじゃない。体も言う事を聞いてくれないなら、私ってどこまで不自由なんだろうか。

「別にカナタがそれでいいんならいいし！　本人の自由だし」

飛び出ていく言葉さえ、気持ちとはあべこべになっていく。

それは私の悪い癖だとわかっている。でも止められない。

「えー？　自由を奪って持っていっちゃう女だっているのに」

「さいってー！」

「あるいは金に目がくらんでやむにやまれず？」

「さいってー！」

「じゃあ、据え膳食わぬはなんとやら」

アンジェは本気では言っていない。こうやってからかって、私の目が充血して潤んでいくさまを楽しんでいるんだ。まったくもって本当にイジワルな性格のメイガスだ。一体、誰に似たんだか。

「私はエリーと一緒にいる間に最適化されただけよ？　エリーの成長を促すためにもっとも最適な性格なの」

「心を読んで会話を続けないで」

「だって～……」

「だって。なによ」

「かンわいいんだも――――ん」

「……アンジェぇぇぇぇぇ……!!」

「はい、はい。よしよし、はい抱っこ。ごめんね。言い過ぎたね。カナタはそういう男じゃないわよね。なんてったってカナタは雨の日も風の日も日がな一日こもって機械いじりするのが趣味みたいな男だし。高嶺《たかね》の花《はな》に強気でアタックできる甲斐性《かいしょう》もないわけだしね。あれ？　あれれ？　ねえ、これもう無理じゃない？　カナタって白馬の王子様って感じじゃないもの」

「は？」

「だってほら、エリーの夢。白馬の王子様に迎えに来てもらうって言ってたんでしょ？」

私は焦ってアンジェを手で押し返して距離をとり、涙で濡《ぬ》れて目元に張り付いた前髪をパッパと整えなおした。

「何年前の話してるのよ。さ、打ち上げ行くよ」

アンジェがいじわるそうに笑って見ているので、少し怒ってやろうと思って強く言う。

「はやく乗って、後ろ！」

依然、ニタニタしているということは、こっちの考えは読まれてるってことだ。ああ、悔しい。メイガスめ。

コフィンのハッチを開くと、アンジェは流れるような身のこなしでコフィンに収まった。見届けた私も、コックピットを開き搭乗する。

少し狭いが、包《くる》まれる感じは悪くない。それに――空間投影ディスプレイを起動させると視界は一気に開かれ、まるで自分が広大な部屋にいるような視界が提供され――狭いという体感はすぐに取り除かれる。人間の感覚とは本当にいちいちあやふやなものだと思う。なにかに囚《とら》われずにはいられない。

私は、エンジン駆動の振動を受けて揺れる宙吊《ちゅうづ》りのヨシヲちゃんキーチェーンのかわいいお尻をピンとはじいた。

これは、なんとなく始めたルーティーン。

「チェックオーケー、エリー」

描かれた仮想空間の中に現れたアンジェが、パチンとウインクしながらシートの脇に立った。

各部異常なし、戦闘後メンテナンスはこれにて完了だ。

しかし、ついさっきまで戦いに出ていた自分がシャワーを浴びる間もなく機体整備までしなければならないというのはどうなんだろうなあ。と思わなくもない。

「アヴァンチュールは万年人手不足だからしょうがないわよ。というか、そもそも地球は深刻な人類不足でしょ、エリー」

「なんとかしてよメイガス様～」

アンジェが言う通り、百年以上前に起きた大事件。【新月の涙】によって、たくさんの人が亡くなった。

真《ま》っ青《さお》な毒の雨が降り、それを浴びた人はもちろん、食べ物や飲水を通して摂取してしまった人々も次々と。

そこで一度、人類の歴史は止まりかけたのだ。

けれど、今こうして私たちは生きている。

人類の隣人【メイガス】の支えを受けながら。

ジンジンとコフィン脚部から伝わる振動が心地《ここち》よい。

この獰猛《どうもう》な顔をしたクレイドルコフィンという乗り物は、私を守る騎士なのかも。なーんちゃって。

でもね、そう。王子様ではないの。

いつか現れてくれるのだろうか、白馬に乗った王子様は。

お姫様とは似ても似つかない、この私を迎えに。

馬鹿らしくなって、私はコフィンのエンジンを切った。


その日の収穫は、上々だった。

アヴァンチュールのリーダーであるマイケルは誰がどう見てもご機嫌で、お小遣いと称して報酬に色までつけてくれた。

その上、慰労も兼ねた会合はマイケル持ちだとまで言うんだから機嫌はウナギ上りの青天井とでも言うべきか。

ウナギ、見たことないけど。

誰かに良《い》い事があればみんなで祝う。それも、とことん盛大に。

ロックタウンの――というかドリフターの？――流儀は素敵だと思う。BAR《バー》エドジョーはそんなドリフターたちの騒ぎにうってつけの店である。

かくいう私自身、仕事の手応えはあった。

採掘中に現れたエンダーズはぜんぶで3体。そのうちの2体は私のチームが倒した。私の役目はしっかり追い詰めてお膳立て。トドメを誰が刺したかは知らない。少なくとも私じゃない。

「控えめなのよねえ、ドリフターとしてもラヴァーとしても」

「一言多いのよアンジェ。ていうかラヴァーって何？」

【かけっこは本気出さない】のがモテるコツだとお姉ちゃんに叩《たた》き込《こ》まれた教えの賜《たまもの》だ。

そうか、私はメイドインマリア……？

うん。冷静に考えて、あのクレイジーな姉をもつ妹の私がここまで真っ当に育ったことは立派だと自負して良いだろう。

女性らしい肉体的な成長も、まあ、おおっぴらには言えないがなかなか立派なものだと自負している。

「どうしたエリー。自分の胸触って、ゴリラの真似《まね》か？」

「ひあっ！　なにマイケルいきなり声かけないでよ」

「ひあっ！　って、気色《きしょく》悪い声出すな。見ろ、みんな待ってるだろうが！　ほら持て、コレ」

おでこの前にコップが突き出された。なかにはオレンジ風味のジュースが揺れている。

「全員集まった。乾杯だ」

マイケルはキープしてあったアルコールのボトルを掲げて盛大に口上を述べ、我先にと呑《の》みほしている。

これは長くなるだろうなあ。

他のみんなも同じようで、苦笑いを浮かべている。

それでもひとりも欠けることなく体力の続く限り最後まで付き合うのは、アヴァンチュールという組織の中でマイケルが果たしている役割の大きさを皆がわかっているからだろう。

ちなみにマイケルにはライバルがいる。

トキオという、ロックタウンで一番と言われるドリフターだ。

今日のこのご機嫌は、きっとトキオよりも高く売れる結晶を得たからに違いない。

「あー！　っと、ちょっと待った」

マイケルはくわえていたボトルをちゅぽんと口から外し、あたりを見渡して続ける。

「キリヤ！」

マイケルに呼ばれてすっくと立ち上がったキリヤと、一瞬目が合ったような気がした。

キリヤはロックタウンで暮らしている14歳の男の子だ。

数年前にこのネストにやってきて、何度か顔を合わせているから私も知ってる。前にいたネストが珍しいエンダーズに襲われて大変なことになったという噂《うわさ》だけは聞いていた。

本当の所は、知らない。

「今日からうちに入ってもらった。とりあえずサポート要員として色々やらせる。キリヤ、決意表明だ、いけ！」

空気を察した面々がシンと静まり、目線がキリヤに突き刺さる。

曲がりなりにも戦いに身を置く者たちの品定めするような視線の重さは、傍《はた》から見ている自分でもちょっと緊張してしまうくらい。

「硬いぞキリヤ！　思いの丈をぶつけろ、私が受け止めてやる！」

マイケルのフォローで、キリヤが意を決し口を開いた。

「俺、ロックタウンで一番のドリフターになります」

「よし、その意気だ！　がんばれ！　だが一番はこの私だ！」

「トキオさんを超えるドリフターになります！」

「なんだと貴様ァ！」

それでドッと笑いが起きた。

ヒューヒューと指笛が飛ぶ。期待の新人だとはしゃぐ人もいる。

ロックタウン流の色とりどりな罵声を浴びると、キリヤは緊張の顔を崩し、はにかんでいた。

普段はツンとした顔をしている印象だったけれど、笑うと年相応なんだなと、微笑《ほほえ》ましく思った。

コップをふたつ持ったキリヤが私の隣に座った。

コップの中は赤いジュースで満たされている。酸味と甘みが混ざり合う良《い》い香りがした。

「いちごじゃーん！」

思わず顔がほころんでコップを受け取った。

「好きだって聞いたから」

「ありがと。それからおめでとう。これからは仲間だね」

たわい無い会話の糸口だと思っていたが、返事がこなかった。

怪訝《けげん》になってキリヤの顔を覗《のぞ》くと、少し緊張しているようだった。

18歳のカナタとは違ってまだ主張が控えめな喉仏が、上下にぐぐっと揺れた気がした。

「あの……今度、教えてほしい。コフィンの乗り方とか、色々。あ、そのもし時間があれば……で、いいんだけど」

「なに言ってんの、一番になるんでしょー？　ドリフターとして力をつけたかったら食らいついて盗んでいきなさい」

「あ、そ、そうだよね」

「そうそう。ま、誰だって最初は素人《しろうと》なんだから、失敗なんて恐れないでドーンと行きなさいよ！」

「ははっ、そうだね。ドーンと……」

「びびってんの？　キリヤ」

あれ？

なにか悪いこと言ったかな？

キリヤのほほえみは、なんだか乾いているような気がした。

しかしドリフターたる者、教えを乞うばかりでは物足りない。

それは間違いないのだ。

「類は友を呼ぶってこのことね、エリー」

座っていたソファの裏側からアンジェがぬぅっと顔を出した。

「はぁ？」

「いじらしい！　ガツンと行けないこの距離感」

「なにそれ」

ドリフターとしての振る舞いを説いて得意な私は、いちごジュースをくいっと飲む。じんわりと胸に幸せが広がった。

それと時を同じくして、強めのアラートが鳴り響いた。

さっきまでのんべんだらりと酒を飲むだけだったアヴァンチュールたちの目が鋭くなる。

この音は——。

「行くぞお前ら！　超大型の結晶だ！」

マイケルの号令で我先にとドリフターたちが店を飛び出ていった。

一日に二回目の出撃だからといって文句を言う奴《やつ》はひとりもいない。働けば働くほど稼げる仕事だしね。それに、超巨大結晶ともなれば、節約すればひと月くらい平気で暮らせる。


ラッキー。でも、私のラッキーとはちょっと違った。

ドリフターとしてのプライドがみなぎる。

キリヤにああ言った手前、やってみせなければウソになる。

超巨大だろうが小型だろうがエンダーズだろうがなんでもこいだ。


「番号！」

「「1、2、3、4……」」

「5！」

キレのある自分の返答に思わず心地《ここち》よくなる。

「なんか今日やる気じゃない。キリヤに良《い》いところ見せなきゃね」

「そんなんじゃないから」

「じゃあ、カナタに？」

「ちょっと黙ってて。いま集中してるとこ！」

コールサインの確認代わりの出撃前点呼を終えて、運搬用のキャリアにコフィンを滑り込ませていく。

キャリアへの搭載からロックまではオートパイロットなので取り立てて操縦の必要は無い。ぎゅっと密着感のあるコックピットで目をつむったまま、私はロックサインが赤から緑に切り替わるまで黙って過ごした。

地上に続く出撃口を覆っているシールドが開かれていく重い音が、密閉されたハンガー内にとどろく。

ボブが作戦概要を説明している様子が、ウインドウから漏れ聞こえる。

はじまる。と、大きく息を吸い込んだ時、ふとエドジョーで見たキリヤの顔が浮かんだ。

しかし表情はモヤがかかったように不鮮明だった。

けれど、どこかで見たことがあるような気がした。

ちょっぴり悲しい、なにかの言葉を呑《の》み込《こ》んだような。

そうだ。あれ……あの時のカナタみたいだ。

ズキッと胸が痛んだ。

目の前で吊《つ》られたヨシヲちゃんの小さなお尻をピンとはたいた……と思ったが空振りした。距離を見誤ったらしい。

「なにやってんのよ」

あえて自嘲《じちょう》してむりやり士気を高める。

それから手のひらをグーパーと閉じたり開いたり、操縦桿《そうじゅうかん》の遊びなどをチェックする。

毎度のルーティーンが、体を、脳みそを、ドリフター仕様に切り替えてくれる。

雑多な想《おも》いを消し去って、目の前の戦いに集中させてくれる。

最後にヘッドセットを装着し、空間投影ディスプレイを起動すると一気に視界が開け、あふれる開放感と共に自分が無敵になったような気さえしてきた。

「私、ドリフター向いてんのかな」

キャリアが動き出すと大きく揺れて、その振動がヨシヲを大きく縦に跳ねさせた。まるで「うんうん」と返事をしてくれたみたいだ。

「さあ、行くわよアンジェ。今日はバリバリ仕事したい感じ」

その意気込みの真意を理解しているのかいないのかはわからないけど、たぶんわかってるんだろう。アンジェは楽しそうに「オーケー、今日はグイグイいく日ね」と明るく返してくれた。

「エリー。リアリド、いってきまーすっ！」


結論から言おう。私はドリフターに向いている。たぶん。

それは、この大小さまざまな結晶が立ち並ぶ見本市で群を抜く立派なサイズの結晶が物語ってくれる。

トキオとマイケルというロックタウンきってのバカふたりが、どっちがでかいだの、顔がいいだの言い争っているがそんなの私からすれば小さい——。

「肝っ玉の小さいことやってんじゃないよ」

見本市を取り仕切るマムがバッサリとトキオとマイケルを切り捨てると、涼しい顔をしていた私の所にやってきた。

「がんばったらしいじゃない、ええ？　どういう風の吹き回し？　いつもは二列目で支援するタイプのあんたが最前線で狩って回ったって聞いたよ」

「できるかなーと思ってやってみたら、案外できちゃって」

「アヴァンチュールの奴《やつ》らが言ってたよ。『鬼みたいに強かった』『まるでゴリラだ』『ウツボ並みのしつこさ』『まるでゴリラだった』。まー出てくる出てくる褒め言葉が」

「なんか嬉《うれ》しくない」

それを聞いたアンジェが喜々として付け加えてきた。

「今日のエリーを見たら白馬の王子様が家臣にしてくれるわね！」

「そうじゃなーい！　ん？」

今、誰かが見本市から足早に離れた気がした。

ほんの一瞬だけど、目に留まってしまった理由は単純だ。

その後ろ姿はよく見覚えのあるちょっとボサッとしたシルエット。

「カナタ……？」

　でも、様子がヘンだなと思った。兄貴分のトキオはかなりの報酬を得ただろうから朝まで飲みに行くはずだ。カナタがついていかないはずがない。それを断って、そそくさと立ち去る……ということはなんらかの事情があるんだろう。

「怪しいわね……って、思ってるでしょ？」

　アンジェが実にあからさまに、すべてを見透かしてますよ？　なんて顔で聞いてきた。

「別に」

「気になるならガレージまで様子見に行けば？」

「行かない」

　気になってるに決まってるのに、つい口が滑る。

　心の中はざっぱんざっぱん寄せては返す荒波でいっぱいなのに、クールな感じを装おうとして、そしていつも……後悔する。

　だって、しつこい人って嫌われるんでしょ？

「あそ。じゃあ、私が行ってくる」

　アンジェが返事も待たずに歩き出したので慌てて、

「だ、だったら私も行く」

「どうぞどうぞ」

　やられた。これだからメイガスは……なんて一瞬思ったが、よく考えてみればつまらない虚勢を張って思い通りに行動できない自分の背中を上手《じょうず》に押してくれたのだと気づく。

メイガスには勝てないなあ、と思った。

と、同時に、肝心な所でしっかりと私をエスコートしてくれるアンジェという存在は、絶大な安心感を与えてくれる。

だから、ついでにちょっと気になっていたことも聞いた。

「ねえ、アンジェ。ゴリラってなに？　天使かなにかの名前？」

「ったく誰よ、私の事ゴリラって言った奴《やつ》！　しかも2回も！　霊長類最強？　あーもう上等よ。言ったやつ見つけたら握りつぶしてやるから」

「ああもうそれゴリラだわ」

「もーやだー」

「エリー、しっ！」

アンジェは、その鮮やかに赤い唇に人差し指をあてがった。

それだけでちょっと艶っぽく絵になるのはずるい。まあ、そんなことは良《い》いとして、問題は今、この状況である。

カナタのガレージの外で、息をひそめて立っている。

まるで泥棒の下調べのようだ。壁を隔てて反対側は、ちょうどカナタの自室にあたる部屋だと思う。

アンジェは耳をぴったりと壁につけて、目を閉じている。集音に集中しているのだろう。数秒たって、ゆっくりと姿勢を正すと。

「安心して。ベッドのきしむ音はしてないわ、今のところ」

「あんた何確認してんのよ」

「大事なことでしょうが！」

——いつか掻《か》っ攫《さら》われるわよ、ボインボインな床上手《とこじょうず》に。

——カナタはそんなんじゃないもん！

くだらない会話を思い出してしまう。

この！　バカ脳みそが！

ごんごんとこめかみのあたりを叩《たた》いておく。

「だいたいなんで遠慮する必要があるのよ、堂々と行けばいいのよ。行けば！」

ガレージの入り口に近づくが、手と足が同時に出てつんのめってしまった。歩き方を忘れることってあるんだ。

この！　バカ体が！

ほっぺを一度キュッとつねって、まったくもって思い通りにならない私自身に活を入れた。

「エリー……」

「なに？」

「がんばって」

「うん」

妙に改まったトーンで言われたものだから、こちらもなんだか落ち着いてしまった。

ガレージの扉には鍵がかかっていなかった。

扉を開くと、ムッとオイルの匂いが通り抜けた。きっとついさっきまで、ここでカナタは機械いじりをしていたに違いない。

整備中のコフィンが鎮座したガレージには、誰もいないように見える。

「カナタ？　いないの？」

物色していたアンジェは、コードつきの半球形の装置——なんだかネズミみたいなシルエットだ——のようなものを拾い上げた。

「男ってどうしてこういうのが好きなのかしら」

「男は関係ないでしょ、カナタが好きなだけ」

「おっと失言失言」

アンジェは手に持った装置をポイと投げ捨てる。

「っと！　っとと！　人の大事なものを投げるな」

カナタだ。

「な、なんの用？」

あれ？　なんかヘン。けれど、どうヘンなのかはわからない。

ただ、なんとなく……イヤな予感。

「いや、その……」

アンジェの目線がビシッとこちらに刺さったのを感じる。

ちゃんと話しなさいという事だろうか。気を利かせてくれたのか、音もなくアンジェはその場を離れていった。

「トキオの事、放っておいていいの？　今日の稼ぎ、結構あったんでしょ？　マイケルと飲みに行ってたし、帰ってくる頃には空っぽだよ？」

いや、何を訊《き》いてるんだなにを。

けれどカナタは素直に受け止めて答えてくれた。

「今まで百回止めて、百回失敗してる」

カナタはカナタで苦労しているんだ。なにせあのトキオが兄貴分ではね。ドリフターとしての腕前は認めるけど、人間性においては首を傾《かし》げざるをえない。悪い奴《やつ》ではないけれど。

「百一回目は成功するかもね」

なんて言ってはみるものの、空々しく響く。

いやだから。これはなんの会話なんだって。うまくいかない苛立《いらだ》ち紛《まぎ》れに、肩で揺れる二つ結びの一方をいじいじしてみる。

「本気でそう思うか？」

本気でと言われて、勝手に少しムッとした。本気でこんな話をしているわけじゃない。

「思わない。カナタを百一回アヴァンチュールに誘ったけど、百一回断られてる。トキオとその日暮らしじゃ、この先どうなるかわかんないよ？　アヴァンチュールに来ればメイガスとお見合いして最新型のコフィンに乗れる。なりたいんでしょ、ドリフターに」

同僚になったらチャンスがあるかもというただの私の都合にすぎないのに、よくもまあカナタやトキオに責任をかぶせる形で口が回るものだ。

これが純真さと引き換えに得た、大人《おとな》のやり方？

最低じゃない？　最低だよね。かわいくない女。

「俺は……エリーみたいに上手《うま》くはできないから」

そんな言葉を言わせてしまった自分が心底イヤになる。

もう嫌な女を貫くしかなかった。

「百二回目もダメみたい」

ふてくされたように、言ってしまった。

「アアーッ！！！！！」

「アンジェの声！？」

アンジェの悲鳴が聞こえて、すべてが吹っ飛んで駆け出した。

チラッとカナタが慌てふためく顔をしていた理由はわからなかったが、解決に時間はかからなかった。

カナタのベッドの上には、透き通るような白い肌をした少女が、まるで死んでいるかのように静かに眠っていた。

裸で。

裸で？　なんで？

「わあああ！　待った、待った待った！」

「待ってますけど」

「まだ何もしてない！」

「まだ何もしてない」

思わずオウム返ししてしまったけど、よく考えたらまだって何よ……なんなのよ。これからするって意味？

なんだか喉のちょっと上のあたりがギュウウッと痛い。

視界がぼんやりする。

カナタがなにか言っている気がするけど、その音は耳を通り抜けても頭の中で言葉に変換されなかった。弁解しているって感じだ。

無性《むしょう》に腹が立ったし、情けなかった。

私、自分で言ったじゃん。本人の自由だし、なんて。

なのになんで私は責めるような事をしてるんだろう。

だいたい私はカナタのなんでしたっけ？

同郷の人。しつこく勧誘してくる女。ドリフターでマウントとってくる女。――夢を、笑った女……。

「決して邪《よこしま》な気持ちがあったわけじゃなく、そう！　もしかしたら幻の都市【イストワール】の手がかりになるかもしれないと思って」

「へ――――」

「ご……ご理解いただけましたか？」

理解？　私はなにをどう理解すればいいんだろう。ねえ、アンジェ教えて。どうすればいいの？　泣いて騒ぐ方がかわいいの？

「あ、動いた」

アンジェは裸の少女に釘付《くぎづ》けになっている。

「え？」

なぜかカナタも意外そうな声を出して振り返った。

3人分の視線を集めた裸の少女は、ずいぶんけだるそうな、体の力が抜けたような、しかし熱を帯びた艶《なま》めかしい声を出した。

「今度は……私があなたを楽園にお連れします」

「あ、一回終わったんだって、エリー。いや、この場合まだカナタは終わって無かったと捉えるべきかしら？」

「はい———!?」

アンジェの発言にカナタが滝のような汗を流している。

怪しいとかそういうレベルじゃない。

あ、なんか膝の力が抜けた。

あれ？　なんかゆっくり天井が回ってる？

「エリー!?」

アンジェの声が、遠い遠い所で鳴っているような気がした。

——いつか掻《か》っ攫《さら》われるわよ、ボインボインな床上手《とこじょうず》に。

——カナタはそんなんじゃないもん！

男がバカなのか？
信じた私が、バカなのか？
そんなの決まってる、比べる奴《やっ》がバカなのだ。
私はエリー、17歳。
初恋は、大きく頓挫《とんざ》中。
白馬の王子様の気配、なし。

＃02　１０２回目の失敗

「ヘイ、オマチ！」

甲高い声と共にガシャコンと飛び出てきたトレイには、私が注文したアンチョビチーズピザが乗っている。

ほかほかの湯気に、ちょっぴりの塩気を含む香りがいい感じ。

「エリーサマ、アリガトヤンシタ！　マタノゴチュウモンオマチシテマス！」

デリバリー用のフードプリンタを抱えたメカ、その名もオカモチ君はびゅーんとその場を離れていった。

外を出歩く気分にはなれずデリバリーで済ますことにしたのだ。

おいでおいでしているアンジェが待つ部屋の中央の小さなテーブルにトレイを置く。

「アンジェも食べる？」

「それ、いま聞く？」

たしかにそうだ。

普通、注文する前に聞くのがスジだ。

ぼーっとしながら注文してしまったが、ピザ一枚まるまる食べるのはちょっとしんどい。

「はんぶんこ、しよっか」

アンジェは呆《あき》れたように笑っている。

例のアレから数日が経過して、まともな食事を摂《と》る気にはなった。だけど、この頭や体はあの衝撃から抜け出せていないらしい。

人間の欲求と心は別の所にあるんだな、なんて思ってみたりして。

ちなみに。例のアレというのは、例のアレだ。

カナタと、カナタが連れてきたメイガスのこと。

はい、考えるのはおしまい。

アンジェが手早くピザカッターでゴリゴリとピザを切り刻んでいく。切り離された1ピースをアンジェが手に取ると、チーズがとろけて垂れていた。

まるで離れていってしまうのが名残《なご》惜《り》しくて、手を伸ばしているかのように。

「エリー。ここでいくら考えてたって、現実は変わりやしないのよ。行きずりの事故を認めてあげるのも、甲斐性《かいしょう》のうちだって」

「認めるって。なんにも言う権利ないよ、私には」

だいたい、アレは私の誤解だったんだから。

例のアレのあと、トキオからも話を聞いて、廃ミュージアムで起きた一部始終を知った。

あの女性型メイガスはそこで拾ったもので、当時は起動すらしていなかったそうだ。エンダーズに襲われる中、カナタは自分の危険を顧みずにメイガスを連れ出そうとしたという。

そこに、邪《よこしま》な想《おも》いなんて無かったはずだ。なんでかって？

いつか、カナタが教えてくれたことがあった。

カナタのお母さんは、メイガスだったってこと。

もちろん「育ての」という意味で。

そして、その母親代わりのメイガスはもう、この世界に存在していないことも。

だからカナタなら、きっと、絶対、目の前で横たわるメイガスをほっとかない……。

「あの子、いったいなんなのかしらね。聞いた？　マリアから」

「うん。記憶が無いんでしょ？　でも、そんなことありえるの？」

「一般的には、マスターとの契約を終えたメイガスはデータが初期化されてしまうから、記憶が無い状態はありえるわよ」

「それは知ってるけど……自分の名前までわからないなんて。ナイフとフォークも使えないなんてなんかおかしいよ」

「メイガスとして備えられているべき最低限の情報、一般常識はおろか、日常の動作までおぼつかないのはたしかに珍しいね。けどなにか大きなショックが起きれば、障害が発生することはあるものよ。人間だって、そうでしょ？」

「ショックって？」

「それがわかれば苦労しないのよ、エリー。心の内側、簡単に測れるものじゃないでしょ？　それも人間と同じ。きっとメイガスをつくった人は、そういうところに人間らしさを感じていたのかもね」

うーん。たしかに。

カナタは優しいから、日常生活すらおぼつかないあの子のために甲斐甲斐《かいがい》しくサポートしているのだという。

人が人を気遣うように、メイガスに対してもただまっすぐ心配しているだけなんだろう。

力になりたい。その一心で。

「ま、エリーみたいにわっかりやすい子、私は好きだけど」

「それじゃまるで私が単純みたいじゃない！」

私がムキになる姿を見て、アンジェはくすぐったそうに笑った。

そういう所、なんて言われているみたいでちょっと悔しい。

「でもさ、カナタったらちょっと楽しそうよね。まあ、無理ないか。あの子を乗せた途端に立派なドリフターになれちゃったんだから」

「それがヘンなんだってば。日常生活はなにもできないのに、戦闘だけはできるなんておかしいよ」

「そういう意味じゃ、カナタにぴったりのメイガスね。カナタってばひとりで暮らす時間が長かったから家事はピカイチじゃない。でもコフィンの操縦だけはイマイチだった。そこにあの子がいれば足りないものを補えるんだから、最後のピースがピタッとハマっちゃった感じ？」

アンジェはそう言って、ピザを1ピース食べた。

きれいな円形だったピザがいびつな形に変化していく。

「エリー、そんな寂しい顔しないで」

「そんな顔してる？」

「してる」

「ちゃんと言ったの？　カナタに」

「言ったって、なにを？」

「カナタがドリフターとして戦えるんだったら、やることはひとつでしょ？　アヴァンチュールに誘えばいいじゃない」

そっか。そうだ。そうだった。

「アヴァンチュールに入れば自然とカナタと一緒に過ごす時間が増えるでしょ？　ふたりでいろんな障害を乗り越えれば乗り越えるほどラブは深まっていくものよ」

「そんなの不純！」

と、言いつつも、手に手をとってカナタと一緒に結晶を採りにいく様を想像すると、とても甘いもののように感じられる。

難所に挑み、互いに助け合いながら巨大なAO結晶を手に入れて笑顔でハイタッチ！

そんな日を夢見ていなかったと言えばウソになる。というか、そんな妄想飽きるくらいしてきた。

思わずニヤけちゃいそうになる。

だけど、すぐに頬《ほお》がひきつるように固まった。

妄想の中のカナタは笑顔で、そして後ろを振り返る。

私ではない誰かに、その笑顔は向けられるのだ。

そこにいるのは、あの子。

ドリフターになるということは、メイガスがいるということ。

そんな当たり前のことに今更気づくなんて。

「せめてライバルの名前くらいは知っておいた方がいいんじゃない」

「名前……思い出したの？」

「カナタがつけてあげたんだって。あの子の名前、ノワールって」

「ノワール……」

ここ数日、カナタとノワールがロックタウンを練り歩きながら話し込んでいる姿をしょっちゅう見かけた。

決して広くはない街だからこそ、誰しもが日常的に顔を合わせる機会が多く、顔と名前が一致しないなんて事はほとんど無い。

カナタはみんなに可愛《かわい》がられているから、そのメイガスであるノワールも当然のように受け入れられていく。

カナタとノワールはいったいどんな話をしてるんだろう。

いったいどんな生活をしてるんだろう。

勢いつけてピザを頬張ったはいいものの、冷め始めたピザはすごく粉っぽくて、塩辛くて固いパンのようだった。

甘いはちみつをかけて、無理やり食べた。


先日の戦いでダメージを負ったコフィンの修理状況を確認するために、私はアンジェと一緒に姉のラボに向かっていた。

姉のラボは、ロックタウンの郊外にある。

大の大人《おとな》が十人で腕を広げても囲いきれないくらいの分厚いコンクリで造られた４本の柱で支えられた、地上十数メートルの武装空中要塞はよく目立つ。

中央には索敵レーダーが備えられた塔が立ち、外敵の接近があれば備えられたロケットやミサイル、ガトリング砲で迎撃する、まあぶっそうだが必要な装備だと思う。

地上階はピロティ状になっていて吹き抜け、上階へはリフトを使ってあがるしかない。

キャリアごと載せてぐんぐんと上昇するリフトから見える景色《けしき》はやっぱり抜群で、世界の広さを教えてくれる。

デッキにあがると、すぐに姉のメイガス3人が出迎えてくれた。

彼女たちは、姉であるマリアの研究助手でもある。

「修理、できてる?」

するとすぐに3つの声がハモって返ってきた。

「はい。ばっちりです」

「ありがと。お姉ちゃんは?」

「カナタさんたちと、お出かけになりました」

「カナタと?」

どうして言ってくれないのよ!

いやちょっと待って。「カナタさんたちと」ってことはもちろん、あの子も……ノワールも一緒なのよね。

けど、当たり前か。あの子はカナタのメイガスなんだから……。

「心配?」

アンジェの声は言葉とは裏腹に、楽しんでいそうなニュアンスがある。

「べ。別にぃ～？」

視線を外すと、遠く地面に延びるハイウェイが目に入った。正確には、妙に悪趣味なデザインのキャリアが目に留まったのだ。

かなりの大きさ。コフィン5機くらいは収納できるかも。

気になって眺めているとアンジェも気づいたらしい。

「なに、あのド派手なキャリア。ネッビオーロ……あのエンブレム、バカラネストのネッビオーロよね」

汎用《はんよう》メイガスからスコープを借りて、覗《のぞ》き見《み》るとたしかにネッビオーロファミリーのエンブレムが車体に描かれている。

キャリアはロックタウンの入り口に停車し、運転席からは男と女性型メイガスが降りてきた。

赤い髪を逆立てた威圧的な髪型の男には見覚えがあった。

パッと見た感じ記憶と違うけど、間違いない。

「ランゲ……だよね？」

「アヴァンチュールの元副隊長がなんの用かしら」

アンジェの声には嫌悪感が含まれていた。

そう、ランゲはアヴァンチュールの一員だったが数年前に街を出ていった。

バカラネストのマフィアとつるんでるなんてね。

でも、なるようにしてなったような気はする。

ランゲが副隊長だったのは私がアヴァンチュールに入る前の話だけど、それでも素行の悪さと最悪の評判は部外者の私もしょっちゅう聞いてたから。

お姉ちゃんにしつこく言い寄ってたってのもあるけど。

たしかにコフィン乗りとしての腕前はあったけど、たしかアヴァンチュールを自分のものにする為《ため》にマイケルに決闘を挑んで返り討ちにあって、それで街を出ていったんだっけ。

でも、一緒にいるメイガスは誰だろう。

ロングのワンレングスに、前髪を触角のように立たせたヘアスタイル。前がざっくりと開《はだ》けて肌をみせる服も、タイトかつ短すぎるスカートも——というかパンツ見えてますけど——メイガスとかそういうのはさておき、なんていうか……気が強そう。

たしかランゲはドルチェという女性型メイガスと契約を結んでいたはずだけど、あんな高慢で高飛車《たかびしや》を絵に描いたような姿ではなかった。あんな露出度高い服を着てもいなかったし。

ということは、新しいメイガスと契約したのかな？

当然その権利は人側にあるんだけど……。

私、ランゲとは絶対に仲良くなれないだろうな。

整備し終えた私のリアリドをアヴァンチュールのハンガーに運び出すように汎用《はんよう》メイガスにお願いして、ラボを後にした。


ラボ帰りに立ち寄った食堂は、いつもと違ってなんだかヘンな空気だった。みんなひとつのテーブルを見ながらざわざわしてる。

「あっ。さっきの」

みんなが見ているのは、ランゲと一緒に居たメイガスだった。

でもそんな彼女は浴びている注目なんておかまいなし。眉ひとつ動かさずに、生野菜を咀嚼《そしゃく》しては飲み込んでいく。

「美味。お代わりをくださいな」

店員がびっくりした顔で、キッチンに走っていった。

「もう何皿目だ？　あれ、全部生野菜だぞ？」

空になった皿が何枚も積まれている。

それは明確なステータスだ。

なにせ生野菜といえば超がつく高級品。

私だって、月に一度の贅沢《ぜいたく》とか、そういう時じゃないと食べられない。

「か～、羨ましいぜ。俺らが一年稼いでやっと食える野菜を、あいつ感謝もしねえでパクパクムシャムシャと……」

メイガスの前に新しい皿がまた届けられた。

ちょっと待ってよ、ミニトマトが6つも！

しかもその下にはレタスが敷いてある！

私だってそんなの頼んだことないのに！

ミニトマトひとつひとつをフォークで刺しては口に運び、ゆっくりと咀嚼《そしやく》し飲み込んでいく。

いわゆるドリフターらしい「腹に入ればなんでも同じ！　とにかく食え！」とは正反対の、味を楽しむ、食感を楽しむ、香りを楽しむ余裕を感じる。

でも、そのメイガスはニコリともしない。

「おかわり」

とだけ言って、皿を下げさせた。

ちょっと待ってよ、レタス食べないの⁉

「んだよ、お高く止まりやがって」

客の誰かがぼやいたのを、メイガスは聞き逃さなかった。

メイガスは男のそばまで行き、彼が食べていた安物のフードを見て言った。

「栄養、とれてますか？　よければ私の生野菜、ごちそうしましょうか？」

「え、い……いいのか？」

あれ、なんだかイメージと違うかも。

高慢ちきで高飛車《たかびしゃ》な見た目で判断した自分をちょっぴり恥じる。

メイガスは自分が頼んだ皿を持って「さあ、お食べ」と言いながら、皿を床に置いた。

「な、なんの真似《まね》だ？」

ボヤいていた客が顔を真っ赤《まか》にしてメイガスを睨《にら》んでる。

そんな客の顔を見たメイガスがニヤッと笑った。

「人生の負け犬に、餌を与えているのよ？」

前言撤回。

私、このメイガス嫌い！

「おっ。マジで生野菜おごってくれんの？　んじゃ、ありがたく」

ん、この声は……？

ふらっと現れた男は足で皿を蹴り上げると、浮き上がった生野菜をパクッとくわえてモシャモシャ食べていく。

「うんま～！」

誰かと思えばトキオじゃない！

ってことは……ふっとトキオの後ろを見ると。

居た。

カナタだ。

一瞬目が合った。

いつもならちょっと胸が高鳴るタイミング。

でも、今日は違った。

カナタがいるということは、あの子も、ノワールも来るということだから。正直、どんな顔すればいいのか……誰か正解を教えてほしい。

けれど、ノワールは一緒じゃなかった。幸い。

カナタのパートナーがいないことに、ちょっぴり安堵《あんど》を感じる自分が情けない……。

「お上手《じようず》ねえ。バカラネストのサーカス団を紹介しましょうか？

ねえ、トキオさん？」

女性型メイガスがトキオの曲芸に皮肉を返している。

ほんと気が強いんだなこのメイガス。

「あん？」

トキオはきょとんとしている。

そうだ。なんでこのメイガスはトキオを知ってるの？

「どこで知り合ったのよ？」

この男のことだから酔っ払ったすえにちょっかい出したメイガスかもしれない。と、ちょっとケーベツを含んだ目をしてみる。

「いや……記憶にござ……ああ!?　お前、ドルチェか？」

なに言ってんのよ、ドルチェはもっと全然――。

「うふふ。さすが見る目がおありねトキオさん」

え、うそでしょ!?　だってドルチェって、麦わら帽子とオーバーオールが似合う農場仕事が大好きな……。

「メイガスはマスターに合わせて変わるものですのよ？　オーッホッホッホッホ」

じゃ、じゃあ……ホントにドルチェ？

変わるものって言ったって。限度ってもんがあるでしょうが！

「ってことは、ランゲも来てんのか？」

「トキオ。てめえ、なに人の名前呼び捨てしてんだ？　ランゲさんだろうがよぅ」

肩をわざとらしく揺らしながらランゲがやってきた。

体はでかいくせに、わざと腕をぶんぶん振って歩くあたりが小者っぽい。

「相変わらずチンケな街だな」

「野菜は美味です、マスター」

「ドルチェ、マイケルの実家で作ってる野菜なんざクソ食らえだ」

はあ?

アヴァンチュールに居たことがあるなら、マイケルの実家がどんな気持ちで野菜を育てるのか知ってんでしょうが!

ていうかドルチェもなんとか言いなさいよ!

あんた昔、その農場で働いてたでしょうが!

いくら変わるっていったって、変わっちゃいけないことだってあるでしょうが!

リーダーをバカにされて、黙っていられるほど私は聞き分けがいい女じゃない。

「アヴァンチュールをクビになったアンタが今さら何の用?」

言ってやった!

けど、ランゲはニヤニヤしながら私を見下してくる。

身長高いから偉いっての!? 上等よ。

「誰かと思やあ、エリーか。ガキがちったぁ女らしくなったじゃねえか。ええ?」

ランゲが私の結んだ髪を弄《もてあそ》んできた。

「さわんないで!」

「俺と遊ばねえか? 金ならあるからよ」

キモッ! うざっ!

私はギュッと拳を握ってあのムカつく顔のど真ん中に鉄拳ぶちこむ覚悟を決めた。けれど、私の前に誰かが割って入って、ランゲの憎々しい顔は見えなくなった。

代わりに、目の前で柔らかそうな茶色い細い髪が揺れる。

カナタだ。

「なんだ？　カナタかよ。ドリフターでもねえ奴《やつ》がしゃしゃり出てくんじゃねえよ」

もう一度、カナタの後頭部を見る。

ちょっとだけ、背が大きくなった気がする。

そんなこと考えてる場合じゃないとわかってはいるけれど。

……かばってくれた、のかな？

ドキドキした。だとしたら、嬉《うれ》しい。

それだけで、もうこれまでウジウジ考えていたことがふわぁっとどこかに行ってしまった。

もっと強気に出る勇気を得た。

「残念だったわね。カナタは立派なドリフターなんだからね！　メイガスだっているんだから！」

私はカナタの隣に立って援護する。

「そのメイガスはさぞかし不満だろうよ。こんなへっぽこがマスターじゃよ」

カナタはギュッと唇を噛《か》んで言い返さなかった。

「中型のエンダーズだって、ひとりで倒したんだから！　へっぽこなんかじゃないんだから！　これからアヴァンチュールに入ってアンタなんか足下にも及ばないくらい活躍するのよ！」

カナタまでバカにされるなんて堪《たま》ったもんじゃない。

フォローのついでに勢いでもう一回アヴァンチュールに誘ってみる。これで合計百二回目。

けれど、ランゲはニヤニヤした顔を崩さずに言う。

「こいつは正真正銘のへっぽこさ。なんたって、アヴァンチュールの採用試験で歴代最低のスコアを叩《たた》き出《だ》した、ある意味天才だからな！　ギャハハハハ」

……え？

いま、なんて言った？

歴代最低スコア……？

ねえ、カナタ。違うよね？

アヴァンチュールの採用試験、受けてないよね？

私、百一回誘って百一回断られたよね？

「ウソ！　カナタは受けてないもん！　採用試験なんて」

「元副隊長の俺が言うんだから間違いねえよ。あのスコア見たときは震えたぜ、いろんな意味でよ」

ウソ！

だってカナタは私に一回もそんなこと。

ねえ、カナタ。違うよね？　ウソだよね？

なんとか言ってよ。

なんで向こう向いてるの？

言い返さないと、みんなホントだと思っちゃうよ！

みんなカナタのこと、見てるよ？

「ウソ……だよね？」

カナタは答えてくれなかった。

私、何回も誘っちゃったよ？

アヴァンチュールにおいでって。カナタなら出来るって。

そのたびに苦笑いしてたのは、そういうこと？

私は、その時のカナタの心境を想像してしまった。

お腹《なか》の下のほうがギュウウッと絞られるように痛い。

マウントどころの騒ぎじゃない。

私、エリーという勘違いヤローは挫折を抱えたカナタを殴りつけていたんだと気づいてしまう。

それは、ランゲの悪態となにが違うだろう？

カナタを傷つけるという意味で、私はランゲと同類だ。

びっくりするくらい、店内が静まり返っていることに気づいた。

ブゥンと自動ドアが開き、マイケルが入ってきた。

彼のメイガスであるボブと、能天気な会話をしながら。

「む？」

マイケルは静まり返った店内を見て、言った。

「誰か死んだか？」

今すぐ消え去りたい人なら、ここに居ます。

「カナタ！　ねえ、カナタ、待って！」

二階の食堂から階段を降りていくカナタは、すでに階段を降りきっていて待ってくれない。

たぶん声は聞こえてるはず。

私は一段飛ばし、二段飛ばしで階段を駆け下りる。

謝りたい。

けど、謝ってどうなるのだろう？

いままで何度も何度もかけてしまった、デリカシーの無いたくさんの言葉は取り消すことなんてできない。

カナタはずっと悔しかったはずだ。

それでも腐ることなく、カナタは自分の力で切り開いた。

メイガスと出会い、ドリフターになった。

そんなメイガスは……ノワールは、カナタにとってどんなに大切な存在だろう。

わかったようにべらべら喋《しゃべ》る、調子の良《い》い女とは雲泥《うんでい》の差に違いない。なのに、そんな女のために勇気を出してかばってくれるカナタの優しさに、私はどんなことをすれば応えられるだろう？

ありがとうも違う。

ごめんねも違う。

景色《けしき》がどんどん滲《にじ》む。

「カナタ！」

叫び声はカナタの背中に吸い込まれて、消えた。

「どうして言ってくれなかったのよ！　バカ！　バカカナタ！」

最後に思いついたのは、いっそ嫌われた方がラクだなんていう、そこはかとなく最低な逃げだった。

バカは、私なのに。

その時、ふと誰かの気配を感じた。

「エリー……」

頭がぼーっとしていて、誰が私を呼んだのかもわからなかった。

でも、こういう時にそばにいてくれる人は、ひとりに決まってる。

「アンジェ?」

「エリー……どうしたの? 大丈夫?」

あれ?

アンジェとは違う、ちょっと低い声だった。

よく見ると、アンジェよりひと回りくらい小さい。

「キリヤ……?」

「な……なにがあったのかはわからないけど、これ。使って」

受け取ったハンカチには、ほんのすこしオイルの匂いが染み付いていた。それがカナタを思い出させて、余計に苦しくなる。

「ごめん、キリヤ」

キリヤはただじっと私を見ている。

「あんま、見ないで」

「あ、ごめん」

キリヤはギュッと目をつぶって、そのままくるっと反転した。

素直だなあ。

泣き顔を年下に見られるのは、ちょっとイヤなんていう安っぽいプライドに自己嫌悪が止まらない。

「ごめんキリヤ、ありがと」

涙をふいて、無意識のうちに鼻もかんでしまった。

やっちまった。

キリヤもびっくりしていた。

「……えっと。それ、あげるね」

あ、引いてる。

「おいキリヤ！　どこにいる!?」

上階からマイケルの声がした。

「すぐ戻ります！」

カンカンカンと階段を駆け上がっていくキリヤは、一度立ち止まって私を見た後、すぐ

にまた階段を上っていった。

入れ替わりに、アンジェが私の所までやってきて、肩に手を回してギュッと抱きしめてくれた。

あったかすぎて、ついにドバーッと涙が溢《あふ》れた。

＃03　ガラスの靴は誰のもの？

キリヤは食堂で注文を決めあぐねていた。

メニュー表を見ているはずなのに、文字や絵が頭に入ってこない。

彼の胸はいまだにドキドキと高鳴っている。

女の人が泣くところを見たのは、彼にとってこれが二回目。

奇《く》しくもそれは、おなじ人物でもあった。

いつもは強気でかっこいいエリーが、小さな肩を震わせる。

大人《おとな》になれば、その肩に手を回して抱き寄せるくらいのことはしてしまうのかもしれないが、まだ声変わりも迎えていない少年にとっては難しい。

関係性が変わる可能性に踏み出すことに対し、大きな緊張と恐怖を感じるのがこの年頃なのだから。

「なにがあったんだろう……」

マイケルと一緒に食堂に入ってきてみれば、凍りつくような世界が目の前に広がっていた。

赤い髪の男はマイケルに悪態をついて出ていき、微妙なひと悶着《もんちゃく》を起こしているうちに、カナタが音もなく出ていった。

しばらく立ち尽くしたままだったエリーは、突然弾《はじ》かれたように店の外に出ていった。

キリヤはそれを見て、思わずエリーを追いかけたのだ。

エリーの表情が、悲痛に満ちたものだったから。

「ヘイ、マイド！」

「ん？」

機械音声で我に返ったキリヤは、注文画面を見る。

画面にはオーダーを受け付けた旨《むね》の標示が躍っている。

「え？」

するとすぐにガタッと誰かが立ち上がる。

「おいキリヤ、貴様ァ！」

「は、はい!?　なんですか？」

マイケルは自身の預金から大量のお金が引き落とされたことを示す画面を見せながら言った。

「ハンバーガー百八個ってどういうことだ!?　おごりとは言ったが限度ってものがあるだろう！」

「ご、ごめんなさい！」

「マイケル様」

マイケルのメイガスであるボブが、マイケルの耳元でぼそっとつぶやいた。

「キリヤ君は、店の客に振る舞ってランゲとの格の違いを見せるべきというご提案をされているのでは？」

「なるほど。採用だ！」

それで納得がいったのか、マイケルは自席に戻って談笑を始めた。

その様子をぽかんと口を開けて見ていたキリヤに、ボブがパチッとウインクをした。

＊

一方、ロックタウンの市場をこっちにフラフラ、あっちにフラフラ歩くメイガスがいた。

ノワールである。

彼女は光学画像記録装置——いわゆるカメラ——を手にしている。

このカメラはカナタが見つけたものだ。

ノワールに関する情報を集める為《ため》に、ノワールが眠っていた付近を捜索した際に手に入れたもの。

内部に残されていた記憶装置にノワールに関する情報が残されているかもしれないと調

べてみたが、すぐに頓挫《とんざ》した。

およそ21世紀の中頃に製造、販売されたであろうモデルのカメラは、この23世紀ではロストテクノロジーに近く、その内部構造をすべて把握することは限りなく難しい。

結局、起動させることもままならず、カナタはカメラの調査を中断したのだが……ノワールは、記憶を取り戻せばカナタの役に立てると考え、カメラについて聞き込みに回ることにしたのだ。この独断専行が、カナタの勘違いを助長してしまうとは露知らず。

たまたま通りかかったマムが、ノワールに声をかけた。

「ひとりかい」

ノワールは小さくうなずいて、

「あの、これ動かせませんか？」

「悪いが修理は専門外だよ。買って売るのがあたしらの仕事さ」

マムは器用にターレを操縦して市場の向こうにスイスイと消えた。

ぽつんと残されたノワールはカメラをじっと見つめる。

その後もノワールは、通りがかる人から露天商にまでカメラを見せて回ったが、修繕のメドがつくことは無かった。

そんな様子を見ていた赤い髪を逆立てた男がノワールにそっと近づき、話しかけた。

「よう、なにかお困りかい？」

「これ動かせませんか？」

「あんだ、このガラクタ」

「ガラクタじゃないです。カナタのです」

「カナタだぁ？」

赤い髪の男の隣にいた、派手なメイガスが口を挟む。

「この子なのでは。カナタに嫁いだというメイガスは」

赤い髪の男はニタリと笑ってノワールの顔を覗《のぞ》き込《こ》む。

「いいぜ、こいつを直せるとこに連れてってやる」

「感謝します」

ノワールはようやく得た糸口に、小さく微笑《ほほえ》んだ。

＊

「死にたい」

もう何度この言葉をつぶやいただろう。

「七十二回目ね」

呆《あき》れを通り越したアンジェは深刻そうな顔をしている。

一睡もせずに真っ赤《まっか》に目を腫らして「死にたい」などとつぶやく陰気な女を見捨てない優しさがそこにはある。

だから、甘えさせてもらう。

「だって、カナタ、アヴァンチュールの採用試験受けてたんだよ？　なのに私、何回も何回も受けたらって」

「百二回ね」

やめて。それは言わないで……。

カナタの夢を笑ってしまった昔。

あれだけもう人を傷つけたくないと誓ったはずなのに。

現在進行形で私はカナタを苦しめていた。たちの悪いことに、無意識で。

もう結論は出た。

カナタのお姫様は私じゃない。

こんな性悪《しょうわる》の姫が居てなるものか。

あ、そうだ。

カナタにはもうお姫様は居るじゃない。

カナタが迎え入れたお姫様が。

そういえば、眠っていたところを起こしてくれる王子様の話があったような気がする。なんだっけな。まあいいや。

「もう、死にたい」

私はベッドの端っこにちょこんと小さく座って、枕で顔を覆ってこの世界に存在していないフリをする。

「しょうがないわね」

アンジェはごそごそと家探しをしたあと、紐状《ひもじょう》のものを手にして戻ってきた。

「使いなさい」

ちょ、ちょっと待って……それってつまり、そういうこと？

「できないなら私がやってあげるから」

いつになく真剣な表情のアンジェに、私はごくりとツバを飲み込む。メイガスはパートナーの願いを叶《かな》えるのも役割のうちだけど、ほんとに？　ほんとにそれをオススメしちゃうの？

ん？　でも、そういうのってだいたい麻とか頑丈な縄でやるものじゃないの？

アンジェが持っているのはビニールのような、どちらかというとリボンとも言えるような赤い紐だった。

アンジェの表情はこわばったまま。

「いいエリー、これを体に巻き付けてカナタに言うの。私を好きにしていいから許してって。題して、ごめんねの贈り物はア・タ・シ大作戦」

私は石みたいに固まった。なんならピシリと音がしたかも。

時間って、止められるんだな。と思った。

「……それで許してくれるかな」

「え、ちょっとエリー？　そんな重症？」

「なんて言うとでも思ったか！　この！」

思わず私は噴き出してしまった。

あんなに落ち込んでいたけれど、アンジェがいるとたちまち元気が出てきてしまう。

「そっちの方がかわいいわよ、エリー」

ウジウジしがちなのは私の悪いところだけど、切り替えの速さは私の良《い》いところだとアンジェは言ってくれた。

だったら私はそれを大事にしないと。アンジェが大切にしてくれているものを守らずしてなにがマスターか。

「行ってくる、カナタのとこ」

アンジェはその言葉を待っていたかのように、笑った。

カナタのガレージが近づくにつれ、一歩踏みしめるごとに先程まで膨らんでいた勇気がぷしゅうぷしゅうと抜けていく。

情けないことこの上ない。

ひとまず物陰に隠れてチャージし直そうとしたが、アンジェがそれを許さなかった。

「こそこそしないの。こういうのは思い切りが大事」

アンジェは堂々とガレージの中に突き進む。

いや心の準備とかさせてよ!

と、喉から飛び出そうになるのを必死で抑えて、アンジェを追いかけた。

遮蔽物《しゃへい》や障害物が少なくないガレージの中を、アンジェは背伸びしたり、かがみこんだりして見回していく。

「カナタ〜?」

人の姿を感知できなかったようで、原始的な方法に切り替えた。

返事は無かった。

「あ、これ」

アンジェは目の前に立ちすくむコフィンを見上げている。

ちょっと控えめな二本角が特徴的な真っ白いコフィン、カナタが自分で造り上げたコフィンだ。名前はまだ無いらしい。

ほんのすこし前、ノワールとカナタのはじめての戦いでオーバーロードさせてガタガタに壊れてしまったはずだったけど。

「もう直したのね。ほんとメカニックとしてはマリアと同等くらいじゃないのかな」

アンジェは興味深そうにコフィンの周囲をぐるっと一周回った。

私はといえば、コフィンの背中にある箱から目が離せなかった。

あの中にあの子は入って、カナタと一緒に戦うんだ。

まずい。

鼻がツンとする。

「ノワール!?」

いきなり声がしたので振り返ると、カナタが自室からガレージに続くドアを蹴破らんばかりに飛び出してきた。

「あ……エリー……」

あからさまに声のトーンが落ちたのは、ちょっと……いや、正直かなりだいぶショックだった。

でも、私はそれを受け入れなきゃいけない。

傷を負う覚悟は決めてきた。

「カナタ、あのね」

「いないんだ……」

「え？」

「どこにもいないんだ、目を覚ましたら……ノワールが。拾ってきた記録装置も無くて。俺、どうしたらいいか……」

カナタは、なにも置かれていないテーブルの上をじっと見つめていた。

「記憶、やっぱり思い出したいんだな……」

「なに、どうしたのよ？　ちゃんと教えて」

明らかに動揺した様子のカナタに慌てた私があたふたしたところでなにも解決には至らないとアンジェは踏んだのか、つとめて冷静に落ち着き払った声でカナタに語りかける。

「カナタ、ノワールを最後に見たのは？」

カナタは言いづらそうに――私の目を見ることなく――食堂から帰ったあと。コフィンの修復を終えてひと眠りする前だと語った。

アンジェは言葉もなく私の目を見た。

それだけで伝わってくるものがあって、私は強くうなずいた。

「捜してくる！」

だけど、ロックタウン中をかけめぐっても、ノワールの姿はどこにも無かった。

「いた？」

肩を落としたカナタは首を横に振った。

ノワールが行きそうな場所なんて想像もつかないから、とにかく手当たり次第に街中を駆け回って、最後の望みをかけてカナタのガレージに戻ってきたはいいものの。それは叶《かな》わなかった。

「外に出るなんてことないわよね？」

「ゲートの記録も調べてもらった。でも、それっぽいのは無くて」

ふと、私はおそろしい事に気づいてしまう。

「ねえ。カナタ、ノワールって記憶が無いのよね？　急に思い出したってことは無い……？」

それはカナタも覚悟していたことなのかもしれない。

急にこわばった表情になった。

自分で言っておいてなんだけど、本当にそんなことになったらカナタはどうなってしまうだろう。

長年の目標だったドリフターになった。その直後だ。

でも、よく考えたら、ノワールにももしかしたら「本当の」マスターがいるかもしれないわけで……。

そうしたら、カナタの方がノワールを奪った側なわけで……。

いまごろ、心を痛めている誰かがいるかもしれないわけで……。

ぐるぐると思考が回って混乱してしまう。

いったいなにが正解なんだろう。

ひとつ言えるとすれば、これ以上カナタに傷ついてほしくない。

ただそれだけだった。

「カナタ、しっかりしなよ。マスターなんでしょ！」

違う、そういう事を言いたいんじゃないのに。

ただ応援したいのに、うまく言葉になってくれない。

ビビッビビッと電子音が鳴った。

カナタは通信端末を取り出すと、そこにテオと表示されている。

予報士の卵がなんの用だろう。

「テオ、どうしたの？」

「カナタ！　ちょっとこれを見て！」

パッと画面が切り替わり、かなり遠くから望遠で撮影された光学画像が表示された。

「えっ……？」

カナタの息を呑《の》む音がハッキリと聞こえた。

その画像には、ノワールの姿が映っていたからだ。

「これ、カナタんところのメイガスじゃない？」

カナタは食いつくように画像をピンチアウトして引き伸ばす。

だいぶ画素は粗くなってしまっているが、間違いない。

あの子だ。ノワールだ。

しかし、同時にイヤなものも目に映った。

ノワールの背後には、見覚えのあるエンブレム。

「カナタ、ちょっと貸して」

ほんの少しピンチインすると、悪趣味なデザインのキャリアの全容が見えてくる。

「あいつらだ……」

ノワールは、あいつが……ランゲが連れ去ったに違いない。

どうして？　そんなの関係ない。

目的なんか知るもんか。

「追いかけるよ！　アンジェ、キャリア回して！　私、念のためマイケルに伝えてくる！」

「オッケ」

私は不思議なほど湧き上がってくる使命感に従う。

純粋に、カナタの力になりたい。

言葉がダメなら、行動だ。

なのに、当のカナタが一歩も動こうとしなかった。

「なにしてんの？　早く追いかけないと！」

なのに、カナタは黙ったままだ。

困惑したアンジェも、勢いを削《そ》がれて立ち止まる。

「カナタ……？」

あきらかに様子がおかしい。

ノワールへの心配とか。そういうものじゃない気がする。

私は、知ってるかもしれない。

その表情を浮かべる時の心の中を。

カナタは俯《うつむ》いたまま、よろよろとガレージの壁にもたれかかる。

「ランゲの言う通りさ、俺なんかより優秀なマスターを見つけてもらった方がノワールの為《ため》なんじゃ……」

やっぱりそうだ。

「俺には、ノワールが自分の意志でランゲのキャリアに乗ろうとしてるように見える」

違うよ。絶対そんなハズない。仮に、そうだったとしても……。

「相手はランゲよ！　ノワールは騙《だま》されてるに決まってる！」

でも、カナタには届かない。

そっか、ネガティブモードってこんな風に見えるんだ。

わかりきった答えが見えなくなってしまうんだ。

カナタはなにか恐ろしいものを振り切るように、目をギュッとつむっている。

「正直に言うよ、俺はノワールの記憶が今のままの方が良《い》いと思ってたんだ。だって、そうじゃなきゃ……ノワールはいなくなっちゃう。俺、そんなのイヤだから……。けどさ、そんなひどい奴《やつ》のそばにいないほうがいいだろ！」

「いいわけあるか！！！」

なにかが吹っ切れた私は、カナタの襟首をつかんでぐいっと引き寄せた。

顔が近い。

いつもだったら目を合わせることすらできない距離だ。

でもそんなの関係ない。

「ノワールとずっといっしょに居たいってことでしょ!?　素直になんなさいよ！」

見開かれたカナタの目を見て安心すると同時に、心が痛む。

でももう決めたから。我慢する。

「記憶とか、そんなのどーだっていいでしょ!?　ちゃんと迎えに行きなさいよ、あんたの……」

あ、やばい。無理かも。唇をギュッと噛《か》んで言葉を紡ぐ。

「あんたの、お姫様なんでしょうが！」

「お、お姫様？」

ぱちくりとカナタが目をしばたたく様子を見て、なんだかこっちが恥ずかしくなってしまった。

そこまで言うつもりはなかったけど、思わず飛び出てしまったのだ。それでスイッチが切れてしまったのか、急にカナタをがしっと捕まえて顔と顔を近づけている自分が猛烈に恥ずかしくなった。

慌ててパッと手を離す。

「聞かせてもらったぜ、おふたりさん」

ズンと、大きな振動と共にガレージからトキオのジョンガスメーカーが現れた。

トキオの声が外部スピーカーを通して聞こえてくる。

「行くんだろ、カナタ。姫を迎えに」

ほうけた顔をしていたカナタに、血が通っていく様子が見て取れた。表情がキリリと引き締まる。

いつのまに、そんな顔をするようになったんだろう。

ドリフターになったから、かな。

かっこいいな。

「はい！」

カナタは羽が生えたように飛び出して、自分のコフィンに飛び乗った。

「みんなして大人《おとな》の階段、上っちゃってる感じ」

アンジェが苦笑しながらつぶやいていた。

そして、カナタは単騎でランゲに戦いを挑んだ。

その戦いのさなかにノワールと合流を果たすと、ランゲを力でねじ伏せてみせた。

カナタは自分の力で、ノワールを取り戻したのだ。

＊

「カナタ」

ノワールからカメラを受け取ったカナタはすぐに気づいた。

「電源がついてる。これ、どうやって？」

「シエルが直してくれました」

「シエル？」

「はい。シエルです」

カナタはそれ以上を聞いても明確な答えが返らないことを悟ると、カメラのメモリを調べ始めた。

詳しい操作方法はわからないし、そもそも表示される言語も理解不能だがアイコン化されたインターフェイスを見ればなんとなくそれの意味するところはわかる。

目当てのモードを見つけ遷移《せんい》させるが、データが存在しないであろうことを意味する表示を見て、カナタはだいたいを理解した。

「残ってない。たぶん、誰かが消したんだ」

カナタはノワールの記憶につながる手がかりを得られなかったことでハッキリと落胆を感じていた。

単純にノワールの力になれなかったという事実への落胆だ。

だが、重苦しい圧力からの解放も感じている。

当然、ノワールを失わなくて済んだという事実への安堵《あんど》だ。

それを悟られてなるまいと、力を込めて叫ぶ。

「記憶は絶対に探し出すよ！　必ずマスターの所に帰してあげるから！」

それはカナタの本心ではない。

だがカナタは、自分が傷つくことよりも、世界のどこかで傷ついているかもしれない誰かを重んじる道を選んだのだ。

言い切ったカナタはギュッと奥歯を噛《か》み締《し》めている。

一方、ノワールはきょとんとおでこに書いてあるような顔をする。

「私、帰らないといけないですか？」

想定と違うリアクションに、カナタの頭に「？」が浮かぶ。

「え？　帰りたいからカメラをもって出ていったんじゃないのか？」

「記憶が戻れば、掃除も洗濯も修理も手伝えるようになります。カナタの力になれます」

カナタはようやく、自分の大きな勘違いに気づいた。

「俺のために……ってこと？」

「なにもできなくても、そばにいて良《い》いですか？」

ノワールは、首元のナブラをカナタに見せつけるように、ほんのすこし背中を反らせて見上げた。

メイガスと人の契約は、このナブラを介して行われる。

誰かのメイガスではないかと考えたカナタは、まだ契約を行っていなかったのである。

ノワールは明確に、カナタに対し契約の意志を表示した。

勘違いへの気恥ずかしさ、実は通じ合っていた気持ち、記憶がないままでの契約。そういったアレコレがあるも、カナタはノワールの思いに応えることを決め、手袋を外した。

「できるだけ長く、俺のそばにいてほしい」

カナタはノワールの首元に、ほっそりとした指を伸ばした。

「はい、マスター」

カナタはナブラに触れ、契約は結ばれた。

＊

「契約、してなかったのね」

アンジェが見たままの感想をつぶやいている。

うん、それは私も意外だった。

でも、これで良かった。

カナタのもとに、ノワールは帰ってきたんだから。

良かったんだ。

カナタとノワールが互いを見つめあって微笑《ほほえ》んでいる。

良かった良かった。

「いいの？　エリー。ライバルに塩を送っちゃって」

「そんなつもりじゃないから！　もうカナタが情けないこと言うからさあ、引っ張ってやんないと！　それだけ」

「そう、そうなんだ」

アンジェはなんだか冷たかった。

ウソは言ってないよ。

だって私は、カナタを傷つけてしまった。

カナタの笑顔を独り占めする権利なんて無いと思うから。

カナタが大切にしたい人がそばにいるべきだと思うから。

だから、これで良かった。良かったんだ。

これからはドリフターの先輩として、カナタと向き合っていけばいい。もしかして良《い》いライバルになれたりして。

そして大人《おとな》になるにつれて時間が経《た》てば、この想《おも》いもきっと風化して、今は飲めないお酒の席で、笑い話になる日が来るのかも。

そして、その時もきっとカナタの隣にノワールがいる。

そういえばあんなことがあったよね、なんて笑って。

私あの頃、あんたの事が好きだったんだなんて、臆面もなく言えちゃうくらいの距離感になっていたりして。

私たちの未来はたぶんそんな感じ、ちょうどイイ感じで……。

「……ヤだよ！　良くないよ、いいわけない……」

背中にアンジェの手のひらの感触が伝わってくる。

「ちゃんと言えるじゃない。心の内側」

「性格悪くない？」

「メイガス的にはキュンとしたけど」

「ばか」

「カナタはたぶん、迎えに来る王子様じゃないのよね」

そんなことない、って言い返したけれど、その言葉の本当の意味が当時の私にはわからなかった。

#04 命短し、滾《たぎ》れよ乙女《おとめ》

「ああ！　充実!!」

ＡＯ結晶見本市のホロ掲示板のてっぺんには、私の名前がくっきりはっきり輝いているのである。

コホン。あえて読み上げましょう。

「今日の売上高ランキング個人部門第一位」

当然よとでも言わんばかりに涼しい顔をしているつもりだけど、ちょっと気が緩むと口角が上がりそうになる自分がいる。

「エリーかよ、トップ」

仕事を終えたドリフター仲間や見物客で出来た人垣に、波紋のようにざわざわが広がる様子はもはや心地《ここち》よい。

「アヴァンチュールの二、三番手だったよな？」

「たまたまだろ」

揶揄《やゆ》すらも、今の私には高鳴るファンファーレ。

砂埃《すなぼこり》が混じって指通り最悪な二つ結びですら、首から下げる勲章みたい。

視線を感じて隣のアンジェの顔を見上げると、意味ありげに微笑《ほほえ》んでいた。

「なによ。なにか言いたそうね？」

「おめでとエリー。おめでと」

「棒読み！　心がこもってなーい」

じっとりとした目で見ていると、アンジェがペロッと舌を出した。

「冗談はさておき、今日のエリーはすごかったと思う。普段に比べたら30％くらい判断が速かったんじゃないかしら。私への指示もビシバシ決まってたしね」

「でしょ？　アンジェ、すぐ仕事に出たいから結晶の位置情報探索よろしくね。マムにも掘り出し物の情報ないか聞いといて」

「また行くの？　もう何日も休んでないのよ？　ほら、髪はボサボサで、お肌もパサついてる。体が疲れてるって発してるサインなんだから」

「い！　い！　の！」

「無理してない？」

「してない！」

アヴァンチュールのエリーは決めたのです。

ドリフターとして、強くたくましく生きていくことを！

これからの時代は、女ひとりで稼いで自立する時代なのよ！

そう、男なんて……王子様なんていなくたってね！

アヴァンチュールのハンガーには、私とアンジェのコフィン点検で生じる音だけが響いている。

他のメンバーはそれぞれの仕事に出払っているか、ひと仕事終えて宴会しているか。

どっちにしても、帰って早々「次」があるなんて、殊勝なドリフターはロックタウンじゃ珍しい。

「エリー、弾薬の補充と各種バランサーは問題なし。データチェックは異常なし、駆動シミュレーションは正常値範囲内、むしろ良好ってところかしら」

「ん……ありがと」

一瞬、ぼうっとしていたので気の抜けた返事になった。

「はい。滋養強壮ゼリー」

アンジェはチューブ型のボトルをポケットから取り出して、私の顔の前で軽く振ってみせた。

「どうしたの？　これ」

「マリアから。エリーに油差してやれって」

「機械じゃないっての」

地上探索を連続で行う場合、見た目には現れない内部のダメージ確認を怠ってはいけない。外装のダメージよりも、深刻かつ致命的な結果を引き起こす可能性が高いからだ。

これはもちろんコフィンの話。だけど、人間も一緒かな。

お姉ちゃんらしいメッセージで、思わず笑っちゃう。

ゼリーをひと息に飲み干すと、体の内側にポッとささやかなぬくもりを感じた。

それはきっと、栄養ゼリーの力だけじゃない。

「そういえばエリー、知ってる？　カナタのコフィンのことだけどさ、名前決まったんだって～」

「へえ～」

「興味ないフリしちゃって～」

「別に」

しまい忘れた工具を見つけた私は、そそくさと棚に戻す。

「デイジーオーガでしょ？」

「知ってたんだ」

「酔っ払ったトキオから聞いた」

「カナタにしてはオシャレなセンスって感心してたんだけど、名付け親は美少女メイガスなんだって。しかもそのマスターがとんでもなくセクシーらしいのよねえ」

「あーそうですか」

「カナタの目が曇らないといいけど」

「ちょっかい出すのやめてあげなよ。応援してあげよ、カナタとノワールのこと」

「わかった、エリーがそういうなら」

「うん」

ふたたび結晶拾いに出た私とアンジェは、今日の売上トップ3を独占する結果を叩《たた》き出《だ》した。

マムもお姉ちゃんもマイケルも驚いていたけど、一番びっくりしてるのはたぶん、私だよ。


翌朝、どうやって家に帰り着いたかもわからないけど、私はベッドの上で着の身着のまま目を覚ました。

「いったぁ……」

コフィンの狭いコックピットで同じ体勢を続け、あらゆる衝撃や振動の影響を受けた体の節々《ふしぶし》が一斉に悲鳴を上げる。

正直、体はクタクタだ。

けれど余計な事——余計なんて言葉は使いたくないけど——を考えなくてすむ時間のほうが、今の私にとって価値があるって思えるし、体の痛みよりも楽だった。

シャワーを浴びて、下ろしたての下着に着替えて、濡《ぬ》れた髪をブローする。増えた枝毛のせいで指通りが悪くてちょっと凹《へこ》む。

今日はポニーテールでいいかな。二つ結びは面倒だし。

せめて気分を高める為《ため》にお気に入りの香水をつけようと思ったけど、切らしたままだったことを思いだしてやめた。

着飾る必要は無いしね。

「おっはよ、エリー。朝ごはん食べよ。昨日あれだけ仕事したんだから、ちゃんと食べなきゃダメよ」

「あんまり食欲ない」

「だと思って、今日は食べやすくしといたから」

テーブルの上にはフードプリンタで造られた細い麺入りのスープ、薬味がわりの野菜が少々。

量は多くないけれど、フードプリンタ製なら栄養価は量や見た目に関係なく抜群なのだろう。

ひと口食べると、案外さっぱりしていて麺をすする手が止まらなくなった。

「今日はさ、モールに行かない？」

珍しく、アンジェからの誘いだった。

「ショッピングモール？　買い出し？　ストック切れ？」

「そうじゃなくて。自分へのご褒美よ」

「自分へのご褒美？」

「そ、エリーの。最近頑張ったでしょ？」

ご褒美か。そんなこと考えたこともなかったな。

いったいなにが自分へのご褒美になるのか、あまりピンとはこなかったけど、仕事を頑張って成果を出して、自分にご褒美をあげる。

それってなんていうかすごく、自立してるって感じだ。

考えもつかなかったことを提案してくれるアンジェは、やっぱり私に必要なメイガスだなって安心する。

「行って、みよっかな」

「よし、じゃ食器を片付けたら支度しよ」

私の心に、ポカッと穴があいてしまっていることはわかってる。

原因？　それ、言わせないでよ。

穴を埋める為《ため》に仕事をがんばって、自分にご褒美をあげて、自立を目指すのは悪いことじゃないよね？

新しい居場所を見つけるの。

理解してくれないかもしれないけど、言い訳じゃあないんだよ。

＊

その頃、アヴァンチュールのアジトに呼び出されたキリヤは、呼び出し主であるマイケルを探していた。

アジトの内装は、立派な外観に負けず劣らず、こだわりのある調度品をしつらえた開放感ある邸宅のようだ。

メインルームに入ったキリヤは、片隅に置かれた旧時代のピンボールゲームに興じるマイケルを見つけた。

「マイケルさん、おはようございます。キリヤです」

「ん、おう。まあ座れ」

ピンボール台の横に設置されたバーカウンターの一番端の席を選んで、キリヤは腰を掛けた。

その隣の椅子に、マイケルはどかっとお尻をのせて、背中をバーカウンターに預けるかたちで寄りかかり、腕を広げる格好をとる。

ちょうど、キリヤとマイケルは隣にいながらそれぞれ互い違いに向いていることになる。

いつの間にかバーカウンターの中にいたボブが、キリヤに対して水の入ったグラスをすっと差し出した。

それが合図であるかのように、マイケルが口を開く。

「貴様、ドリフターを目指していると言っていたな」

唐突な問いに、キリヤはきょとんとしていた。

少し遅れて「もしかして」という淡い期待が湧いてくる。

「はっきり言って素人《しろうと》の貴様を即採用するほど、アヴァンチュールは甘くないだよな、とキリヤは膨らみかけた期待を胸の奥にしまおうと、グラスに口をつけた。

「だが、貴様の意志表示はしっかりと受け取った。私を超えると豪語した貴様には大いに期待している」

いつになくマイケルは真剣な表情だった。

アヴァンチュールのリーダーとして、彼もまた重責を担っているのだ。

ドリフターを従えるということは、彼らの生活とその基盤、稼ぎだけでない、命そのものの責任も負っているということなのだから。

そして、そのさらに先に、ドリフターたる者の矜持《きょうじ》もあるのだが、マイケルはそれを口にするべきではないとも心得ている。

期待という言葉をマイケルが口にしたとき、キリヤの表情がわずかに緩んだことで、マイケルはそう判断したのだ。

キリヤは、そんなマイケルの思慮には気づかず、返す。

「はい！　俺、トキオさんみたいなドリフターになりたくて！」

「ちょっと待て！　誰がトキオが私より優れたドリフターだと言った⁉」

「言ってないですけど……？」

「言ってないか。そうだな。ではアヴァンチュールの新人として、大切な使命を言い渡す」

「あ、え？　はい！」

「今度の決起会、キリヤ、貴様が仕切れ」

「りょ、了解です！」

決起会のなんたるかは理解しないまま、キリヤは二つ返事で了承した。しかし、そこにはキリヤなりの考えもあった。

ずっと考えていたことを、リーダーに提言する。

勇気は必要だがマイケルならきっと受け止めてくれると信じて。

「マイケルさん、俺からも……一個お願いイイっすか？」

「なんだ？」

「ドリフターの採用試験、受けさせてください。結果、出して見せますから」

マイケルはボブをチラリと見た。

ボブは目を伏せて、キュッキュとグラスを拭き続けている。

「よし、やってみろ」

＊

大勢の人で賑《にぎ》わう生活用品売り場を通り抜けて角を曲がると、やや薄暗く間接照明で演出されたエリアにたどり着いた。

ハイブランドショップアヴェニュー。

要するに、高級なカバンやコスメ、アパレルを取り扱う店が立ち並ぶ通り。

私は訪れるのは初めてだ。

ということは、アンジェもそうだと思う。

それなりに人の往来があるのに、足音が鳴り響くほど静かだった。

「ねえ、なんでこんな静かなの？」

目立たないように声を潜めてアンジェに問いかける。

「騒がしいのはみっともないからよ」

買い物ってワイワイやるものでしょ？　と口から出かかったけど、「そうよね」と、さも当たり前かのように流しておいた。なんだか子供っぽい気がしたから。

「どんなご褒美にしよっか」

「えーっと……」

普段足を運ぶ量販店のように、行ってブラブラすればなにかときめくものがあるのではないかと思っていた私は甘かった。

「ちょ、ちょっとふらっと見てから決める」

とにかくお店に入ってみようと思うものの、がっちりと閉じられた重たそうな手動ドアに手を掛けるのは気が引ける。

ブランドロゴ一点勝負の格式高そうなサインが各店舗の入り口を自信満々に飾っているのみで、なに屋さんなのかわからないし。

ぐずぐずしているうちに、ちょうど目の前の店舗の扉が内側から開かれて、華やかな香りがふわっと広がった。

「いい匂い」

香水やコスメを取り扱う店らしい。

「ありがとうございました」

深々と頭を下げる販売員に見送られて、人形みたいに着飾ったお姉さんが颯爽《さっそう》と現れて通り過ぎていく。

揺れる髪の毛は甘酸っぱい香りを漂わせて、まるでお姉さんの周囲にだけスポットライトでも当たっているのかと思ってしまう。

お、大人《おとな》だぁ……。

つい目で追ってしまった。

「いらっしゃいませ」

販売員が棒立ちの私に声をかけてきたけれど、心の準備がまだだった私は。

「あ、た、と、いやあの、良《い》い香りだなって思いまして」

「試してみますか？　どうぞ」

「いや……大丈夫です！」

販売員は怪訝《けげん》な顔ひとつせず、にこやかに丁寧なお辞儀をして扉をゆっくりと閉めた。

「堂々としてればいいのよ」

「だってここすっごい緊張するんだもん。私浮いてない？」

あまりにも普段着な自分が場違いに感じられる。

「仕方ないわねえ。どうせオトナを目指すなら、アレでしょ」

「アレ……？」

アンジェに引っ張られて入ったのは、扉どころか壁までガラス張りのランジェリーショップだった。

この店だけは外から店内が丸見えだ。

そこは隠すとこじゃないの？

電光石火の速さでその場から消えたアンジェは、ラックに掛けられたハンガーのひとつを手に取り、見せつけてきた。

「これなんてどう？　勝負にはもってこい」

それは、深い緋色《ひいろ》のセットアップで、形は一般的な下着と大差ないんだけど……向こうにアンジェが透けて見え……って薄ッ！

生地薄いよ！

見えちゃうよこんなの！

「無理無理無理無理！　ぜったい無理！　だいたいこんなの着てコフィンに乗ったら落ち着いてられない」

「なんの勝負するつもりなの？」

「は？」

「え？」

アンジェが何を言ってるのかわからなくて、私は首をかしげてお空に「？」を浮かべた。

結局、何軒かのショップを覗《のぞ》いてみたけれど、自分へのご褒美にしっくりくるものは見つからなくて、その日はお開きにした。

代わりと言ってはなんだけど、というか、結局みたいなところがあるけれど、私たちはBAR《バー》エドジョーに立ち寄った。

シンプルだけど、それはそれで私らしい。

漏れ聞こえてくる絶え間ない会話やぶつかりあう食器の音、そしてお腹《なか》に響く重低音が愛《いと》おしく思えた。

エドジョーでは軽く食事をして帰るつもりだったけれど、なんだかんだで時間は飛ぶように過ぎていった。

なにか特別な話をしていたわけじゃなくて、この所の私の「成績」を祝して差し入れが色々と飛んできたのだ。

「じゃあ、本物のスイーツ頼んじゃおっかな〜」

なんでもあるのがエドジョーのイイところ。

なかなかのお値段がするのだが、酔っ払ったドリフターたちは気前よくおごってくれた。

人のお金で食べるスイーツ。悪くないわね！

こんなご褒美があるんなら、私、これからも頑張れそう！

なんて言ったら、アンジェは心底呆《あき》れた顔をしていたけれど。

「元気になったみたいで良かった」

と、頭をポンポンしてくれた。

そんなに心配させてしまっていたのかな。

「大丈夫だよ、私は」

にっこり笑ってみせると、アンジェも笑った。

「今日はひとり？　適当にどうぞ」

店員の声がふいに聞こえて、入り口を見るとそこにはキリヤが立っていた。かなり疲れてる様子だ。

コフィンの手入れが忙しかったのかな。

「キリヤ！　こっち！」

気分上々な私は、アヴァンチュールの先輩としてイイところを見せようとキリヤを呼ぶ。

「エリー」

キリヤは驚いた様子で、すぐに目を少し泳がせた。

ひとりで過ごしたかったのかな、とも思ったけれどアヴァンチュールの仲間が同じ店にいながら別卓で過ごすのはどうかとも思う。

「どーしたのよ、先輩がなんでも聞いてあげるからおいで！」

カウンター席に、私、アンジェ、キリヤの順で座った。

アンジェは無難に今日の出来事から話し始めた。

「へえ、自分へのご褒美か」

「そうよ。でもエリーったら、結局なにひとつ買えずに逃げ帰ってきたんだけどね」

なんでそれを言うのよ！　事実だけどさ！

「考えたこともなかったな」

キリヤが感慨深そうにつぶやいた。

「私のオススメを買ってほしかったなー」

「アンジェ～～～、それは絶対無いからね！」

「オススメって？」

「下着」

——ブッ！　と、キリヤが口に含んだばかりのジュースを噴き出した。

「あ、想像した？」

むせ返って苦しそうにしているキリヤは、頭がふたつに見えるくらいの勢いで首を左右に振っている。

「ア～～～ン～～～～ジェ～～～～！」

体を縮こまらせて固まるキリヤの顔は真っ赤《まっか》だ。

「今聴いた話は記憶から抹消しておくこと！　いいわね！　あと誰にも言わないこと」

「はい……」

「特にマイケルには絶対内緒ね、あとトキオと、カナ――」

言いかけて、咄嗟《とっさ》に無理やり息を吸って止めた。

「なんでもない。マイケルとトキオに言ったら一生ネタにされそうだから絶対ダメだからね」

危なかった。無意識に名前を出しちゃう所だった。

「ほんと、忘れて」

無理なものは無理だってわかってるけど、恥の上塗りはやめよう。

触れないこと。

それが一番早い風化の秘訣《ひけつ》だと思う。

急にスンと落ち着いちゃった私を気遣ったのか、タイミングをうかがっていたのか、ようやくむせるのも落ち着いたキリヤが口を開いた。

「ねえ、エリー。話、変えてもいい？」

「大歓迎」

「相談、乗ってくれる？」

「お、なになに？」

「決起会の幹事のこと」

アヴァンチュールの決起会とは、不定期に行われる全員参加の会合のことだ。活躍した所属ドリフターを称《たた》えるために行う、というのはあくまで建前で要するにどんちゃん騒ぎする口実である。

お酒と食事の用意の他にもコフィン同士の模擬戦や、ゲーム大会なんかがあったりして、幹事になると結構準備が大変だ。

「マイケルさんに頼まれたんだけど、俺どうしていいかわかんなくて。手伝ってもらえないかな？」

「手伝いか……」

「やっぱ、忙しいよね？　最近、すごく活躍してるってみんな言ってたし。でも、ちょっと暇な時とかでもいいんだ」

コフィンの操縦のレクチャーはともかく、こういった裏方の仕事まで丸投げってのはさすがに忍びない。

というか、マイケルがちゃんと教えてあげなさいよ。

隣に座るキリヤは不安そうな顔で、時折私の顔を見ては目をそらす様子だった。

そっか。それで、最初に見たとき不安そうな顔をしてたのね。

そんなに怯《おび》えなくていいのに。

アヴァンチュールに入ってきて早々の大役は、たしかに大変だろう。ここはひとつ、お姉さんが力になってやろうじゃない。

「いいよ」

「いいの!?」

「なんで驚くのよ」

パァッとキリヤの表情が明るくなった。

「ありがとう、エリー」

頼られるってのも悪くない。

自立こそ、今の私のテーマなんだから。

そう思うと、闘志がみなぎる気がしてきた。


エドジョーからの帰り道。西の空は赤くなっていた。

騒がしくなり始めた屋台通りを抜ければ、次第に人がまばらになっていく。住宅街に向かう道に、ふたつの長い影がとなりあう。

「エリーったら、若いのに鞍替《くらが》え？　そうよね、恋の痛みを癒やすのはいつだって新しい恋だもの」

「なに言ってんのよ。なんでもかんでも恋とか愛とかくっつけないで。先輩としてあるべき行動でしょ？」

「ふうん。でも、エリーさ、料理とか教えられるの？」

「はい？」

「だって今回の決起会はマイケルの家の野菜を使った料理がテーマだったはずだけど」

体中の毛穴から、どっと汗が吹き出した。

「今、なんて言ったの」

「だから、料理。野菜を使ってなにか作るんでしょ？」

「聞いてな――――――い!!」

なにを隠そうこの私。

料理というものには、びっくりするほど縁が無いのだ。

＃05　アヴァンチュールと香水

「ん、よし。これで完璧だね。ふぅ〜……」

アヴァンチュールのアジトの広間のソファはとっても心地《ここち》よい。

思い切り体重をかけて、背もたれに体を預けると程よい硬さで私を受け止めてくれる。

「じゃ、エリー。食材は俺が運びこんでおくから」

「よろしくね」

キリヤは軽やかに手を振って広間を出た。

アヴァンチュールの決起会に向けた準備は慌ただしかったが、それはそれで充実していた。

キリヤと一緒に会場の下見をして、いろんな所に挨拶に回ったりして、ゲームの景品や様々な物資の用意をするためにトレーダーズネストにも行ってみたりして。

キリヤはまだロックタウンでも顔が広い方ではないから、今回の役回りはアヴァンチュールと関係のある各所への顔見せみたいな意味合いもあったのかなと、思うようにもなった。

マイケルがそこまで考えているとは思えないから、ボブが考えたんだろうな。

意外と、マイケルもボブもキリヤに期待してるのかも。

芯はあるけれどどこか抜けていて人懐っこいところのあるキリヤは、どこに行っても可愛《かわい》がられたしね。

人によってはカナタ二世だなんて言う人もいて、そのときばかりは、少し乾いた笑いしか返せなかった。

「そういえば……」

トレーダーズネストに至るキャリアの運転はキリヤに任せた。

「どこであのドライビングテクを学んだんだろう」

巨大かつ高重量の車体を誇るキャリアに、大小さまざまな物資を詰め込んだうえで安全に運搬するのはそれなりの経験とたしかな技術が必要だ。

キリヤにさほどたくさんの経験があるとは思えなかったが、ハンドルさばきからアクセルやブレーキコントロールの技術は私の目からしてもたしかなものだった。

私だってキャリアを運転することはあるから、嫌でもわかる。

ロックタウンで一番のドリフターになると豪語する自信は、そういう所から来ているのかもしれない。

先輩風を吹かせるつもりはないけど、年長者として、そしてドリフターの先輩として、しっかりしてるってところを見せないと。

──いけないのだが。

私は決起会の準備工程表のうち、まだチェックされていない最後の項目から目が離せなかった。

「なんとか……できるかなあ……」

──料理。

マイケルの実家から送られてくる生野菜をつかった料理が今回のお楽しみ要素のひとつなのである。

「せっかくなんだから生で食べるのが一番だと思うんだけどな」

もちろんそれも用意する。

でも、それだけでは「つまんないヤツ」というレッテルを貼られるだろうな。

アヴァンチュールは良くも悪くもネタに生きる、そんな所が好きでもあるし。

「がんばりますか」

いざとなればアンジェに頼ろう。そうしよう。

すると、タイミングを計ったかのように通信端末が鳴った。

お姉ちゃんからだ。

「お姉ちゃん?」

『あのさ、ちょっとアンジェ借りるね～』

「なんで!?」

『あとアンジェから伝言。たまには若い男と気分転換してきなさいって。ねえ、どういうことよ、今度お姉ちゃんにもちゃんと聞かせなさいよね。じゃ』

「え!?　ちょっと待っ――」

プツリと途絶えた通信は、私の淡い希望をも断ち切った。

「落ち着いて。落ち着いて考えて、エリー、落ち着いて」

パタパタと室内をぐるぐる回りながら呪文のようにつぶやく。

「整理すると、アンジェがいない。私ひとりで料理するしかない。私は料理できない。すなわち……」

やばい。

これ終わったな。

脇の下にいや～な汗が広がって、胸のあたりから腰にかけてスッと垂れていった。

私は灰である。

いや、燃えあがる前に力尽きたのだから、灰ですらないか。

アイランドキッチンにもたれかかるように腰をおろしたまま、私はその時を待っている。

キッチンの扉が開く音がして、誰かが入ってくる気配を感じた。

すぐにパチッと部屋が明るくなった。

「うわぁ!? びっくりした!!」

キリヤの声と共に、ドサドサドサとなにかがこぼれ落ちる音がした。コロコロとキャベツが転がって、私の足にコツンと当たる。

「居たの!? エリー」

「うん」

「この部屋の照明って人感センサーじゃなかった!?」

「はは。私は人ではないのかもね」

「ど、どうかしたの?」

取り落とした野菜を拾い上げながら、キリヤは苦笑いしている。

「マイケルさんから野菜預かってきたよ。準備、始めよ」

「カウントダウン開始ね……」

「なんの?」

「先輩の威厳を失うまでの」

「変なの。エリーに限ってそんなことあるわけないよ」

待ってよ、期待してる!?

キリヤはさらっと笑って、ホロ装置を起動させた。

中空にクッキングレシピがパッと描画される。

「こんな感じでどうかな」

「へえ～煮込み料理？」

「ポトフっていうんだ。昔、親に作ってもらったことがあって。野菜を食べるならまるごと煮込める料理が栄養価も高くてイチバンなんだって」

レシピを黙読すると、なんとなく自分にもできそうな気がしてくるから不思議なものだ。

「とりあえず、じゃがいもの皮剥《む》こう。そっちお願い」

じゃがいもって皮剥くんだ。

とは言わないでおいた。右手に包丁、左手にじゃがいもを持って直立不動の体勢をとる。

意を決して、いざ、じゃがいもに入刀……！

「えい」

スパッ。

コロン。

「なんで!?」

キリヤが秒速の突っ込みを入れてきた。

真っ二つに割れたじゃがいもがまな板の上で揺れている。

「か、皮を剥こうと思いまして」

「切ってる切ってる。エリー、今のはちょっと面白かった」

ギャグでは……ギャグではないんですが。

「えい」

スパッ。

「また!?」

ふたつに分かたれたじゃがいもの片方が、くるくると回転しながらまな板の上で躍っている。

キリヤはお腹《なか》を抱えて笑っていた。

「マジで、やめて！　エリー、めっちゃ面白い！」

キリヤは本当に楽しそうに笑っている。

こっちは笑わせるつもりないんですけれどもね。

「エリーさ、もしかしてあんまり料理したことない？」

小さなプライドと、楽になってしまいたい気持ちが火花を散らした結果、私は「ま、まああんまりね」と小さくなった。

「ロックタウンはフードプリンタが充実してるしさ。むしろ料理してるなんて言ったら珍しがられるんじゃない？」

「え、そうなの？」

小さい頃、お姉ちゃんの書斎で読んだ本に、女子は料理で男子の心を掴《つか》むって書いてあった。鵜呑《うの》みにした私は、料理と称してお姉ちゃんのフードプリンタを火にくべる事件を起こした。

その日から、私と料理との愛憎の日々が始まったのだ。

そんな事を思いながらキリヤの手元を見ると、器用にくるくる回転させながら野菜の皮を薄く剥《む》いていく。

「なにそれっ！」

ずるいし！

「母ちゃんに教わったんだ」

「お母さんは料理するんだ」

「好きだったみたい」

だったみたい。その響きになんとなく陰を感じて、言葉に詰まってしまった私を察して、キリヤは慌ててフォローした。

「あ、生きてるよ。母ちゃん。ただ、ロックタウンに来てからはフードプリンタがラクチンとかでほとんど料理しなくなっちゃった。だから今日、エリーと一緒に料理するのが楽しみだったんだよね」

「そうだったんだ……ごめんね、期待外しちゃったよね」

先輩の威厳はどこへやら。

申し訳ない気持ちでいっぱいになる。

「そんなことないよ！」

キリヤは私に気を遣わせまいとフォローする。

その気遣いが、かえって私の心苦しい気持ちを高めるけど、優しいやつだなあとは思う。

そんな風に気遣ってくれるのは、このロックタウンではキリヤかカナタくらいじゃないかな。

他は私をまるで叩《たた》けば音の鳴るおもちゃかなにかのように、いじっては笑いのネタにしてくるからな……。

あ、なんか腹立ってきた。

見返してやる。

「ねえ、キリヤ。せっかくだから、料理教えてよ」

今度、自分でも作ってみよう。

そしたら、誰かに食べてもらおう。

いろんな顔を思い浮かべた。

……そうだ。お姉ちゃんとアンジェが良《い》い。

私が手料理を振る舞ったらびっくりしてくれるかな。

最初に浮かんだ顔には、バッテンつけてしまい込んだ。

野菜の皮を剥《む》くのは――危険だという理由で――やめて、とにかくゴロッとしたサイズに切り分ける作業を担当した。

野菜の皮には栄養たっぷりっていうんだから、皮を剥くなんてもったいないのよ。そうなのよ。

包丁の持ち方から、手の置き方のコツをキリヤは丁寧に教えてくれた。始めは右手と左手の運びにギクシャクしたものの、切るだけなら案外カタチになるものだ。

ひとつふたつじゃがいもを切り分けた頃には、余裕も出てきた。

「キリヤって、ここに来る前はどこに居たの？」

せっかくだし、親睦も兼ねてキリヤの事を訊《き》くことにした。

互いを知ればアヴァンチュールの為《ため》にもなるから。

「どこでもないよ」

「たしか、どこかのネストから逃げてきたって聞いたけど」

「間違ってはいないけどね」

「どういうこと？」

「旅してたんだ、母ちゃんと親父《おやじ》と俺、３人で」

珍しいけど、稀少《きしょう》というわけでもない。

実際、生活機能を充実させせたキャリアで旅をするドリフターがいることは――接点が少ないだけで――知ってる。

20年くらい前までは、そっちの方が主流だったはずだし。

「母ちゃんがドリフターでさ。結構有名だったんだって。けど、俺を産んですぐ辞めちゃって」

キリヤは喋《しゃべ》り続けながら、包丁の角度を自在に操りじゃがいもとにんじんを複雑なカタチに切り分けていく。悔しいという気持ちすら湧いてこないくらいうまい。

タン、タン、タンと刻まれる一定のリズムが様になる。

人は見かけによらない……なんて言ったら失礼だけど、華奢《きゃしゃ》なキリヤが急に頼もしく見えてきた。

「そういえば、キリヤってキャリアの運転うまいよね。お母さんに教えてもらったとか？」

「あれは、親父《おやじ》に教わった、ていうか……ずっと横で見てたから嫌でも覚えたよ。運び屋なんだ、親父。母ちゃんのコフィンを載せてキャリアも運転してたし。今は、マイケルさんの実家の野菜とか商品をいろんなネストに運んでる」

「だからかー」

キリヤの運転技術のバックグラウンドがようやくわかった。

「運び屋なんて脇役だよ。やっぱドリフターにならなきゃ」

わざわざ比べる必要なんてないのに、お父さんの仕事をあえて悪く言うのはどうなんだろうと思うけど、キリヤにとってドリフターになることに重要な意味があるのはわかった。私にも、ドリフターになりたい理由はあったから。

そうこうしている間に、たまねぎがいくつもの輪っかに切り分けられた。じゃがいも、たまねぎ、そしてザク切りにされたキャベツが集められて、水を張った大きな鍋に投入された。

「野菜は四角く切るより、少し斜めにしたり、角を増やした方が味が染み込みやすいんだって」

キリヤはそう言いながら、顆粒状《かりゅうじょう》の粉末を振りかけて火をつけた。

しばらくすると、フツフツ沸きだすと共に食欲をそそる香りがキッチンに広がっていく。

「さっき、なに入れたの？」

「スープの素」

「へー、そんなのあるんだ」

「同じ食材でも、こうやって味を変えられるから便利だよ」

ふむふむ。勉強になった。覚えておこう。

「よし、あとは待つだけで完成」

え？　もう終わり？

なんていうか、思ってたより……。

「簡単でしょ？　料理っていうと、色々手の込んだことをしなきゃいけないような気してくるけど、そうでもないんだ。ちょっと味見してみる？」

スプーンで、ひと口分の琥珀色《こはくいろ》のスープを口に運ぶと、塩気を含んだたくさんの野菜の旨味《うまみ》が舌を包みこむ。

「おいし！」

「でしょ？」

目を見開いて感動した私の顔を見て、キリヤも笑っていた。

「お礼しないとね」

嫌な顔ひとつせずに料理を教えてくれたこと。

そして体験したことのない達成感をくれたこと。

それだけじゃない。

久しぶりに、肩の力を抜く時間を過ごせたこと。

私ひとりでは出来なかったことだと思うから。

「まだ時間あるよね？　シミュレータやってみる？」

「え、でも……こないだは、見て盗んで覚えろって……」

「もちろんそれはそれ。私が相手になってあげる」

後輩だからと遠慮するつもりはない。

それが、最大限の敬意だと思った。


「ま……参りました」

キリヤは何度となく再戦を要求してきたものの、ついには心が折れたのか白旗を揚げた。

2機のシミュレータを繋《つな》ぎ、それぞれに搭乗しているので、キリヤとは通信で会話している。

「よくついてきたほうだよ」

画面に表示されたリザルトの数値を見ると、あらゆる数値で私が上回っている。

けれど、それは当然のことだ。

大切なのは、そこからいかに差を縮めていくかなんだから。

実際、キリヤはよくやったと思う。

シミュレータには自分に最適化されたメイガスがいないしね。

「あーあ、俺まだまだかぁ～」

言葉だけは呑気《のんき》だけど、声がわずかに震えていた。

悔しいんだろうな。

今ならわかる。

男の子って、やっぱりそういう時、正直には言わないんだな。

それ以上余計な事は言わずに、気づかないふりをしてシミュレータの電源を落とそうとした。

「俺さ……」

ふいにキリヤの音声が入ってきて、指を止めた。

「受けたんだ。試験」

「試験？」

「ドリフターの」

「採用試験？」

「うん」

胸がドキッとした。

舌が乾いていく。

うまく言葉にできるか不安になりながら、続ける。

「……どう、だった？」

私のバカ。

そんなの聞くまでもないに決まってる。

こんなに苦しそうな声なのに。

「……」

キリヤがスピーカーの向こうで唇を噛《か》む姿が目に浮かぶ。

――ごめん。

そう言いかけたときだった。

「ダメだった」

聴いた途端、ジワッときて鼻の奥がツンとした。

「どうして黙ってたのよ！」と投げやりに吐き捨てたあの日が鮮明に浮かんできた。

私は、その言葉を、カナタから聴きたかった。

シミュレータの中で良かったと思った。

直接向き合っていたら、キリヤの感情と自分の感情が直接ぶつかって、きっと冷静になれなかったから。

けれど、こんな自分とはお別れするのだ。

私は、目をつぶってイメージした。

もしも……もしも……。

「そっか。でもさ、一回の試験でキリヤのなにがわかるっていうのよ。いくつかの質問と、ちょっとした実技でしょ？　そんなので判断されちゃ、たまったもんじゃないわよね。いい？　キリヤ、この試験の本当の意味を教えてあげる。どんなに最初にイイ点数出したって、みーんな落ちるのよ。私だって、何度も落とされた。どうしてかわかる？　ドリフターってね、諦めないやつが生き残るから」

口がよく回ることに驚きは無い。

何度となく、あの日から頭に思い描いていたから。

何度も、何度も。

もしも、もしも……カナタが私に打ちあけてくれたら、私はなんて答えればよかったのか。

そして、なにを伝えたかったのか。

「ドリフターってのはね、誰かに許しを貰《もら》わなくたっていい、なりたいと思ったらドリフターなんだから！」

息が苦しくて、呼吸が乱れた。

心臓もドキドキ言っている。

おかしなことは言ってない……よね？

おひとりさまのコックピットの中、スピーカーの向こうの顔が見えないことに、少し苛《いら》立《だ》った。

良かったと思ってみたり、苛立ってみたり。

勝手な女だな、私って。


私がドリフターになりたいと思ったのは、不純な動機だ。

ロックタウンの同世代の子供たちは、みんな得意なことや好きなことを仕事にしたいと言っていた。

私が当時好きだったのは、本を読むこと。

お姉ちゃんのレトロ趣味に影響されて、旧時代に書かれた物語に触れる機会が多かったからだと思う。

得意なことは、これといってなかった。

そんな私が、ドリフターになろうと決意した理由。

それは……。

——大好きな人が、ドリフターになると言ったから。


シミュレータでの秘密特訓を終えると、キリヤはどこかバツの悪そうな顔をしながら「ありがとう」と言ってくれた。

目元に赤みがあった。

それを隠すそぶりは見せないが、目は合わせてくれなかった。

もしかしたら、泣いたのかな。

それとも、やっぱりまだ悔しいのかな。

「キリヤ、がんばってね」

キリヤのまつげが揺れて、急に目が泳いでうつむいてしまった。

頰《ほお》まで赤くしている。

しまった。恥をかかせてしまったのかも。

咄嗟《とっさ》に出てくる言葉選びのまずさには定評のある私……。

ほんとごめんね、キリヤ。

でもこっちこそありがとう。

心の奥に溜《た》め込《こ》んだままだった言葉たちを解き放つ機会をくれて。


決起会は相当うまくいった。

お楽しみ抽選会は盛り上がったし、シミュレータをつかっての対決ではマイケルと私が接戦で、最後は負けてしまったけど仲間たちは多いに沸いてくれた。

キリヤもその輪の中で拍手してくれていた。

元気出たみたいでなによりだ。

そしてお待ちかね、私とキリヤでつくった料理を出すと、腹を空《す》かせてきたであろう面々ががっつくがっつく。

味の感想なんて口にする前に、お皿がからっぽになっていた。

私とキリヤは、目が点になって立ち尽くす。

「俺さ、母ちゃんに昔訊《き》いたことがあったんだ。いつも料理してるとき、なにもしない親《お》父《じ》までキッチンにいてさ。邪魔じゃないのかなって思ってて」

「ん……？」

それは、私を遠回しに批難していますか？

いや、私なりにできることはやったよ！

「母ちゃん、こう言ったんだよ。めんどくさいことも、大変なことも一緒にいるとがんばれることもあるでしょって。俺、意味わかんなかったけど、今ならちょっとわかるかもな」

――一緒にいると、がんばれる。

夫婦って、そういうものなのかな。

私には、ちょっとまだわからない。

好きな人の前では完璧でいたいし、かわいくいたいし、そんなことを意識するあまり一緒にいたら緊張してギクシャクしてしまう。

でも……がんばれることはあるかもしれない。

私は自分がドリフターになれるなんて思ってなかった。

でも諦めなかった。諦められなかった。

理由はひとつだ。

やっぱり私は、まだカナタのことが好き。

カナタがノワールにつきっきりなのは認めざるをえないけど、だからって私がアレコレやきもきするのはお門違いだ。

私は私で、頑張ってればいいんだもんね。

たとえ一緒にいなくたって、私はカナタに力を貰《もら》う。

それでいいじゃない。


決起会のあと、お姉ちゃんの家に立ち寄ってアンジェと私と3人でポトフを食べた。

はじめは味に疑心暗鬼だったけど、一口食べてからは表情が一変して、ここでもあっという間にお皿がからっぽになった。

アンジェは連日の出撃に付き合ってくれていたせいで、自己修復のメンテナンスが追いつかず、ところどころにエラーが起きていたそうだ。

たくさん謝ったけど、アンジェは笑って許してくれた。

これからはもう少し、自分以外の誰かを気遣う余裕を持とう。

これまで自分のことばかり考えていたから、結果的に誰かを傷つけてしまっていたんだ。

そんな単純なことに気づけなかった自分が情けない。

でも、今気づけたことに感謝もしてる。


翌日、私はアンジェと一緒にショッピングモールに向かった。

目的は当然決まってる。

「いらっしゃいませ」

先日、声をかけてくれた店員さんだった。

「あの……このあいだの香水なんですけど……」

「どうぞ、こちらへ。お似合いだと思いますよ」

きっとお世辞だろうけど、「そうだといいな」なんて冗談めいて返せるくらいにはなっている。

そんな私を、アンジェが嬉《うれ》しそうに見ているのが印象的だった。

＃06　甘いスイーツ、危ないスプーン

今、私の足下には薄くて平べったい機械がある。

ヘルスメーターだ。

デジタルの小さな文字盤にはゼロが並んでいる。

思えば今日も非番だった。

ここ数日、激しい雨が降り続いたせいでエンダーズが活発化してしまい、当面採掘活動は制限されてしまっている。

ネストの中での活動はもちろん制限されていないけど、とくにドリフターたちは外に出られない鬱々とした感情のやり場に困っているようだった。

連日のようにＢＡＲ《バー》エドジョーが繁盛しているのはそれだけが理由ではないだろうが、騒ぎ方が激しくなって毎日目も当てられない惨事——主に酒の飲み過ぎによる——が繰り広げられているあたり、ストレスが溜《た》まっているのはよくわかる。

そう、ストレスなのだ。

私だってドリフターなんだもの。

ネストの外に出てドンパチやる爽快感と、苦労とひりつく戦いのすえに結晶を拾って帰

る達成感は、一度味わえばやみつきになる。

　あと、生きている限り、人はなにかを摂取しなければならないでしょ？　せっかく食べるなら美味《おい》しい方がいいよね？

　それに、疲れた体には甘いものが必要だと思う！

　さらに言えば、サラリとした肌触りのベッドは、人を惹《ひ》きつけてやまない魔物なんだから。

　それじゃ食べては寝ての繰り返しじゃないかって？

　そうよ、人の一生の3分の1は睡眠時間なんだから、極論眠る為《ため》に生きているようなものじゃないかな。

　異論は認めるけれど。

　シャワー後のさっぱりとした体をタオルで拭きながら、そんな事を考えていた。

　決して、言い訳などではない。

「はやく乗りなさいよ」

「う、うるさいわね！　乗ればいいんでしょ、乗れば！」

　そーっと片方の素足をヘルスメーターに乗せてみる。

　文字盤の数字がギュンギュン目まぐるしく変化する。

　次に反対側の足を、トゲに触れるかのようにそっと乗せる。

デジタル表示の数字の変動が、徐々に収まっていく。

収まってはならない数字に、収まっていく……。

「あ、これ壊れてるね」

「昨日マリアが見てくれたわよね？　エリーが何度も何度も壊れてるっていうから。けど一切、故障はしてなかったはずよ」

思わず、ぎりりと奥歯を噛《か》んだ。

アンジェのいじわる。

「あ、タオルのせいか」

シャワー後なのにすっかり冷え切った体にまとっていたバスタオルをはらりと離してみる。

数字は、ほとんど変わらなかった。

「格闘家の無謀なトレーニングじゃあるまいし」

「はあ……」

用意していた着替えに袖を通していくと、すんなり着れていたはずのキャミもホットパンツも、微妙に引っかかる。

「お、おかしいな……ふんぬっ！」

気合いを入れてウエストのボタンを留めた。

「エリー、太ったわね？」

「オブラートに包みなさいよっ！」

お腹《なか》に力を入れて叫ぶと、ウエストのボタンがプンと飛んだ。

カンッ！　と天井に当たる乾いた音がした。

「背中にチャックも……ないわよね」

アンジェがつつつとフェザータッチで背中を撫《な》でるもんだから「ひゃうん」と変な声が出た。

認めたくはないけれど、私は笑っちゃうくらい、丸々と太ってしまっていた。


それが、３日前のこと。

ヘルスメーターとの死闘を思い起こしながら、私は食堂にいた。

依然、激しい雨がやむ気配はなく、ネストの中で「おあずけ」を食らったままの人々の一般的な楽しみといえば買い物、酒、食事なので、そのうちふたつを満たせる食堂はなかなかの混み具合だった。

ちょっとばかり膨らんでしまった体形を隠すべく、全体的にはゆったり目ながら、ハイウエスト気味に絞るところは絞ったデザインの服にしておいてよかったと思う。

これなら色々とバレまい。

注文待ちの行列が出来ていて、一向に進まない状況に痺《しび》れを切らした人たちは文句を言い出し始めている。

その行列の先頭にいるのは、私だ。

私はメニューとにらめっこしている。

かれこれ、10分くらい。

ひとつ言わせてほしい。即決だったの、主食は。

プリントチキンのバジルソース和《あ》え複合ミートパスタセット。

プリッとした歯ごたえだがそれなりに油分を含むチキンを、バジルの香りが爽やかな後味に仕上げてくれるだろう。

ミートパスタは言わずもがな。味の想像は簡単につくので、期待を外すことは考えにくい。

問題は……食後のスイーツをつけるかどうか。そこなのだ。

ちなみにアンジェはすでに注文を終えて、私を待つことなくテーブル席で食事を始めている。

行列の騒ぎを認識しているはずなのに、素知らぬ顔で居続ける豪胆な精神力はやはりメイガスだと思う。

「ん～……」

薄目で「オーダー完了」ボタンを見る。

こうすれば他のメニューは目に入らないから。

なのにどうしてキューブアイスイチゴパフェのイメージ画像からは、光あふれるエフェクトが見えてしまうんだろう？

「うそ！　サービスデイにつき半額!?」

光あふれるエフェクトは目の錯覚などではなく、食堂側がぐいぐいオススメしているのだった。

「やるじゃないの、この店。はあ……はあ……」

無意識のうちに手を額に当てていたらしい。

噴き出した汗の感触が、手のひらに伝わる。

それは決して、後方から飛んでくる「はやくしろ」「なにやってんだ」というヤジのせいでは無い。

こっちは真剣勝負してんのよ。

でも待って、パフェを食べるなら口直しにロイヤルミルクティーが必要なんじゃない？

口の中に広がる甘酸っぱさと、さっぱりとしたミルクティーが一緒になって喉を通り胸いっぱいに広がる瞬間を想像してみてほしい。

これを名案と呼ばずになんて呼ぶの？

ドクン、と胸が高鳴り、決意が固まる。

「いこう」

だって我慢は良くないって人は言うもんね。

ドリフターたるもの、エネルギーはしっかりとっておかないと。いざという時にパワー切れじゃ笑えない。

これはドリフターのプライドの問題だ。

一度の出撃で消費するエネルギーはかなり高くて、汗もかく。

出撃前と後では、3キロくらい平気で体重が減る。

今のところ、出撃の予定はない……けどね。

でも、出撃すれば減るんだからオッケー！　よし！

追加注文のボタンを押し、ピンと伸びた人差し指でキューブアイスイチゴパフェのボタンを捉える。

ごくりと、生唾を飲みこんで。

「いざ！」

「あ、エリー！　エリーも来てたんだね」

「はうっ⁉」

タッチパネルから約1ミリの所で指が止まった。

「カ、カナタ？」

「大丈夫？　すっごい行列だったからなにかと思ってさ。なにかトラブルでもあったの？」

「な、なんでもない！　なんでもないよ！」

　私の指は光の速さでカートを空にするボタンを押し、半ばオート状態で手近なメニューを押してオーダーをフィニッシュさせた。

「ゴチュウモン、アリガトウゴザイマシタ！」

「へぁ？」

　変な声が出た。

　注文確認画面には「超限定リアルヨセドーフ」の文字と画像が並び、会計金額が表示されている。

「すごい、やっぱエリー、最近稼いでるんだね」

　その金額を見て、目が飛び出るかと思った。

　普段の食事とは0の数がふたつ違う。

　さっきまでとは違う質の汗が噴き出るのを感じながら。

「しょ、食事って、人の体をつくる大切な営みでしょ？　ちゃんと考えて食べないとコンディション維持できないからね。量よりも質なのよ。栄養があるものを食べるのはドリフターとして当たり前なのよね～」

「なるほどなー」

カナタは感心しきりの顔でうなずいて、隣にいるノワールに「やっぱりエリーはちゃんとしてるね」なんて語りかけていた。

その隣には、最近カナタのところに転がり込んできた新しいメイガス、シエルの姿もあった。

「そ、そうよ、だからちょっと油断して太っちゃったりなんかするなんていうのはドリフター失格中の失格ね。意識が足りないっていうか。カナタもそういう所、気をつけないとダメなんだからね」

墓穴を掘るって、こういうことなんだろうな。

私の端末上の電子ウォレットに、リアルヨセドーフと記録されて想定外の引き落としがかかる。順調に数字が減っていく。

体重もこうだったらいいのになあ。

重さが変わるはず無い電子端末が軽くなったような気がした。

「エリー、たまには一緒に食べようよ。このあいだ、いきなり帰っちゃうからさ。気になってたんだ。俺、なんかしたかなって」

このあいだ……。

私は一度閉じきった記憶の扉を無理やりこじあけた。

たぶんカナタが言っているのは、あの日のことだろう。

バカラネストに行っていたカナタがロックタウンに帰ってきた翌日。ノワールをメンテナンスの為《ため》にお姉ちゃんに預けると聞いたので、家にひとりになってしまったカナタに手料理を振る舞ってみようと思い立った日のことだ。

バカラネストでは、ランゲたちとまたやりあったとも聞いていたから、お疲れさまって言いたかった。

それから……話したいこともあった。

カナタがドリフターになれたことを、きちんとお祝いしたかった。

……で、色々あって、お互いにいろんなわだかまりがほぐれた所で、ちょうどよく夜を迎えて、なんだか流れでお泊りになって、会話がふと途切れたところで電気を消して……あ、でもその前に歯を磨いてシャワー浴びて……、目と目が合ったら、あとはもう予習通り……。

と、いうのが私の思い描いた正解のルート。

だけど、結末は想定外のルートだった。

カナタの家には、バカラネストで知り合ったというメイガスがすでに居て、それはそれは仲睦《むつ》まじく過ごしていた。

それがシエル。

吸い込まれるような透明感があって、だけど時折見せる小悪魔的な微笑《ほほえ》みが魅力的なメイガスだと思った。

もしもこの世界に歌姫というものがいるとしたら、こんな感じなんだろうなと思わず納得してしまうくらいに。

そして私は「カナタのアホォォォォ！」と叫びながら帰った。

シエルがいたから、じゃない。

正直、ノワールのことでちょっとは免疫がついていたし「私は私で頑張っていく」そんな決意を固めたばかりだったから、居候《いそうろう》が増えたところでね。

私が耐えられなかったのは、シエルとカナタのふたりがキッチンで作っていたのが、私が作ろうと思っていたポトフだったこと。

いつもいつも一歩遅れてしまう自分が情けなかった。

気遣う余裕をもとうなんて誓ったばかりなのに、カナタに八つ当たりみたいにして……

っていや、ちょっと待って。

あれは八つ当たりだ。

カナタに謝らなきゃいけないのは私だよ！

「ごめん、カナタ。この間、いきなり押しかけておいて、勝手に帰ったりして。そんなつもりじゃなかったんだけど……」

「俺、またなんか悪いことしてないよね？」

カナタは私を責めない。いつもそう。

だからちゃんと言っておかないと。

「してない。ていうかカナタって、いっつも間違えてないよ。間違ってるのは、いつも……私だから……」

最後の方は、声が声にならなくてしぼんでいったから、カナタには届かなかったと思う。

カナタは「え？」と聞き直してくるので、「なんでもない」と笑って返した。

「それより、私カナタに言ってなかったことがあった」

「え？ なに？」

「ドリフター、おめでと」

「あ……ありがとう」

言えた。良かった。

カナタはわかりやすく照れていた。

でもその顔はうれしそうで、私はホッとした。

こうすればいいんだ。

気恥ずかしくなってうつむくと、ポフッとやさしく頭を叩《たた》かれた。

ドキッとして振り返ったら、アンジェだった。

なんだか余計に恥ずかしくなったけど「できたよ」という言葉の代わりに、カナタからは見えないように右手で小さくVサインをつくってみた。アンジェはふっと笑った。

「行列、とんでもないことになってるわよ？」

「え？」

バッと入り口の方を見ると、ムスッとした顔をしたたくさんの人たちが、私たちを見つめていた。

「あ！　ご、ごめんなさーい!!」

私は注文したリアルヨセドーフを急いで受け取って、アンジェがとっておいてくれた席に急いだ。

「カナタも、こっちね！」

勢いあまって出た言葉だったけど、私はたしかな進歩を感じた。

「具合悪いの？」

アンジェは私が頼んだ注文を見て開口一番に聞いてきた。

私は「別に」とできるだけ自然に答えた。

「今日、パフェが安かったでしょ？　絶対頼むと思ってた」

「わ、私を誰だと思ってるのよ。ドリフターよ！」

「ふーん」

　ぎゅむっと、脇腹のあたりをつままれた。

「んにゃあー！」

「脂肪は体を守ってくれるものだもんね」

「なーにが言いたいのよー！」

「なーんにも？」

　と、言いながらアンジェは指で私の体をツンツンとつついてくる。ぽよぽよと押し返す弾力を楽しむかのように……。

「ん！　言いたいことが……あるなら、ひゃん！　言いなさいよ！　ん！　あっ！」

「お待たせ、エリー……？　て、アンジェはなにやってるの？」

「カナタも触ってみる？　エリーのぽよぽよ」

「ぽよぽよ？」

「な、な、な、なんのことだか！」

「カナタ、ボインボインもぽよぽよも好きですか？」

　横にいるノワールはきょとんとした顔で見ていた。

「ぽよぽよ？」

　カナタがいっさいピンと来ていない――と思いたい――ことが救いだったものの、ノワールのさらに隣に立っていたシエルは、妙にニコニコしていた。

メイガスには私の苦労はわかるまい！

アンジェも、ノワールも、シエルも！

食べても食べても寝ても覚めても太らない存在が憎い！

「うー！　人の気も知らないで！」

悔しさを紛《まぎ》らわせようと、リアルヨセドーフをスプーンでひと口すくう。

「いただきます！」

ひと噛《か》みした途端、ほろりと崩れたトーフから、ぶわっと口の中に優しい甘みが広がった。

舌の上でとろけていったトーフは、なめらかさを保ったまま喉を通っていった。

これって、まるでスイーツ！

「え、うまっ」

飾り気の無い声が思わず口をついて出ちゃうほどの味の衝撃に、アンジェが「おいしい、でしょ？」と私をたしなめる声に反応すらできなかった。

「ねえ、カナタ、ちょっとこれ食べてみて！」

すぐにもうひとすくいして、カナタにスプーンを向ける。

「え……は、え？」

カナタがためらっている。

もしかして、高価なものだから遠慮してるのだろうか。

そんな気を遣わなくていいのに。

「私のオススメが食べられないっていうのかー？」

なんて冗談めかして追い込んでみた。

「い、いや。その……」

カナタが耳まで赤くしているのは、どうしてだろう。

「やーん、エリーったら大胆じゃない」

そう言ったアンジェは、両手で顔を覆っていた。

「なにが？」

アンジェはくねくねしながら続ける。

「はい、あ～ん！　でしょ。それって。しかも、そのスプーンってば、か・ん・せ・つ・キッス！」

「！！！！！！」

違う。そうじゃない。

いやでもそうか。

いやいやっぱり違う、そうじゃない！

トーフがあんまりにも美味《おい》しくて、この幸せをカナタにも味わってほしくて、ただそれだけだったのに。

え？

私、今、とんでもないことしてない？

カナタが顔を赤くしてたのは、そういうことなんだ。

「そーれ一気！　一気！　一気～！」

一気ってなに？

アンジェは手拍子しながら囃《はや》し立《た》て、カナタの背中を押した。

物理的に。

「んぎゅっ！」

カナタは私が差し出したスプーンを思い切りくわえ込む。

「はい！　ノワール、今よ！　カメラ持ってるわよね？」

「これですか？」

ノワールが取り出したカメラをサッと奪ったアンジェが、すぐさまボタンを押した。

カシャッ！

と、妙にカラッとした小気味《こきみ》よい音がした。

「わ～素敵～！」

アンジェはカメラを手際よく操作しながら、撮影された画像を鑑賞している。

「ち、違うの！　そうじゃなくて、私はカナタに美味《おい》しいトーフを食べてほしくて！　カナタ、美味しかった⁉」

「お、お、お、美味しかった！」

「そうよね。うん、良かった！」

私もカナタも、一切目を合わせることなく、床のシミを探し続けた。

「……間接キッスとはなんですか？　カナタ」

「ノワール！　そ、そ、それはまた別の機会に！」

カナタは慌ててその場を取りなしていた。

「あー、だからえっと……」

カナタは目をシロクロさせながら、自分の端末をいじると左手の指をパチンと弾《はじ》いた。

ブゥン、と指の先にホロ画像が浮かぶ。

「これなんだけど」

「ARチケット？　なんの？」

「サ、サテライトアクアのチケット！」

たしかにサテライトアクアのチケットだ、日付も指定されている。

「あとでエリーに送るから」

ん……？　サテライトアクアのチケットを、私に？

「その日、空けといてね！　じゃ！」

それだけ言うと、カナタはあっという間に食堂を出ていった。

私は、なにが起きたのかわからず、ぼーっとカナタの背中を見送る。手を振ろうと上げた手のひらは中途半端な位置で止まった。

「ゆっくり楽しんでいってね」

シエルがそう言って私の手のひらを、ぎゅっと握ってきた。

「私の分……？　楽しんでいってね……？」

シエルはノワールを連れてカナタを追いかけ、食堂を出ていく。

「ねえ……アンジェ？」

「いやあ、まさかそんな日が来るだなんてね」

アンジェも目を丸くしていた。

これって、その……そういうことだよね？

デ……デ……デー……。

「エリー、大丈夫？」

「だ、大丈夫！　全然大丈夫！　私、誘われたんだよね？　カナタが誘ってくれたんだよね？」

「違うわよ。あなた、わかってる？　サテライトアクアよ？」

サテライトアクア。

それは巨大なプールを中心とした、一大レジャー施設……って、ちょっと待ったァ！

プール？

「えいっ」

ぽよん。

アンジェは無邪気な顔して、私の横腹をつついた。

アンジェの硬質な指を受け止めて、弾《はじ》き返《かえ》す私のお肉。

お肉……。

「ダメだ。行けない」

このままじゃ、サテライトアクアなんて行けない！

「どうしよ、どうしようアンジェ！」

「どうもこうも、ありのままでいいじゃない」

「ぜったいダメ！　ダメ、ぜったい！」

だってサテライトアクアだよ！

「じゃあ、行くのやめる？」

「やだ！」

「どうしたいの？　素直に言ってごらんなさいよ、エリー」

「行きたい。絶対行く。だけど……」

あのプールは水着姿の老若男女《ろうにゃくなんによ》が集まってるんだよ！

なかにはバイーンでボイーンな水着美女がいるにきまってる。

「自信が無いんだもん……絶対比べられちゃうもん」

「カナタはそんな男じゃないって。トキオじゃあるまいし」

「そうだけど！　これはプライドの問題！」

「ここしばらく飽きるほど食べまくっておいて、よく言えるわね」

「ぐっ……そりゃいいわよね……メイガスはさ、なんにもしなくたって体形維持できてさ……ふぇーん！」

「変化を受け入れて楽しむ。それは人間の特権よ」

「正論で追い打ちやめてもらっていい？　もっとこう……建設的な意見ちょうだいよ、アンジェ！」

「ダイエットメニュー、考えましょうか？　マスター」

「ダイエット……」

やるわ。やってやろうじゃない。

この逆境を、はねのけてやろうじゃない！

「ちなみに逆境じゃないわよ？　自業自得っていうの」

「心を読まないでよ！」

私は、こっそり追加注文しようとカートに追加していたロイヤルミルクティーをキャンセルした。

サテライトアクア行きの日まであと数日。

できる限りの事をやるしかない。

だってこれは、カナタとの初めてのデートなんだから！

＊

カナタは足早に食堂を出ると、膝に手をついて息を整えた。

「はぁ――……」

「カナタったら、そんなに慌てたらエリーが困るじゃない」

シエルはノワールと共に、遅れてやってきた。

「いや、だってさぁ……」

間接キスを思い出して頬《ほお》を赤らめるカナタを見て、シエルは目を細めて笑う。

「妬《や》けちゃうなあ」

「へ、へんなこと言うなよ！」

「でも、大切なこと、エリーに伝え忘れてない？」

「え？　俺なにか忘れてる？　チケットは渡したし」

「それよ。うーん……まあ、それはそれでいっか」

「なに？　シエル、なんだよ？　ちゃんと教えてくれよ」

「たぶんエリーは、勘違いしちゃってるかもな、って」

「どういうこと？」

「サテライトアクアのチケットは、みんなに渡してるでしょ？」

「そうだけど」

「……気づかない？」

カナタは、顎に手をあてて首をひねった。

ノワールも同じようなポーズで首をひねる。

その様子が、シエルはおかしかった。

「ふふっ」

シエルはそれきりその会話はやめて「帰りましょ」と、鼻歌まじりに帰路についた。

いつの間にか大雨はやみ、雲間から太陽が見え始めていた。

#07　エリーの仁義なき戦い

ぴちょん、ぴちょんと水が滴《したた》る音がする。

雨かな。

そんなわけないか。

ここは家の中だもの。

きっと錯覚だ。

体が水を欲して、幻聴を起こしているのかもしれない。

ギィ、ガシャンと玄関ドアが開閉する音がした。

これは幻聴ではなさそうだ。

「ヒイッ！」

アンジェの悲鳴が聞こえた。

「暑っ！　室温何度？　設定40超えてるじゃないの！」

「おかえり～……」

カッサカサの唇から絞りだした声はかすれにかすれている。

「うわぁっ！」

ベッドの角で何枚もの毛布をぐるぐる巻きにしてうずくまる私を見て、アンジェはまたもや悲鳴をあげた。

「なにしてんの!?」

「減量」

「もっとやりようあるでしょ」

「目標まであと100グラム……」

「サテライトアクア行く前に倒れちゃ元も子もないじゃない」

「目標まであと100グラム……。目標まであと100グラム……」

「ほ、本気なのはわかったから、落ち着いてエリー」

室内の天井から壁全体に貼られた「お菓子禁止」「スイーツは悪」「毎日運動」「欲しがりません勝つまでは」などなどのステッカーを、アンジェはペリペリと剥《は》がしていく。

その一枚一枚に染み込んだ思い出が、走馬灯《そうまとう》のようによぎる。

噛《か》んでも噛んでも味がしない健康食品。

高地の酸素濃度に設定された特別な室内でのバイクトレーニング。

永遠に続くかのように思えたランニング。

悲鳴をあげる全身の筋肉に鞭打《むちう》つ筋力トレーニング。

ぐっしょりと汗で濡《ぬ》れたTシャツ。

毎日2リットルの水を飲み、栄養補給を絶やさない。

噛《か》んでも噛んでも味がしない健康食品パート2。

それはもう食事というより、注入と言ってもいいだろう。

毎夜、気絶するようにベッドに倒れ込み、泥のように眠り、そして薄暗い朝方は恐怖の時間、ヘルスメータータイム。

「ほんと。がんばったわね、エリー」

予定では、今日がダイエットの最終日なのだ。

昨日寝る前にヘルスメーターに乗った限りでは、目標まであと100グラムだった。

最後の最後、追い込みとして、体中から水を絞り出すことを思いつき、必死でデータベースを検索したところ、見つけた方法が部屋の窓を締め切り、室温を上げ、毛布で体を包《くる》んで夜を明かすこと。

とにかく汗をかいて水分を排出するべし。

そうだった。それで私はアンジェをお姉ちゃんの所に行かせて、今に至ったんだ。

「はい、これで最後になるわね」

アンジェはベッドの脇にヘルスメーターをコトンと置いた。

ぐるぐる巻きの毛布を脱ぎ捨てる。

夜中は噴き出した汗でぐっしょりだったTシャツは、今となってはカラッカラに乾いていた。

体の中の水分はもう残ってはいないだろう。

私は、断頭台の階段に足をかける覚悟でヘルスメーターに乗った。

デジタル数字がギュンと変動する。

お願い、どうか……。

ギュッと目を閉じた。

これで目標に到達していなかったら、私はきっと壊れてしまう。

「ど、どう……？」

自分の目で見るのが怖くて、アンジェに問いかけたけど、アンジェはなにも言ってはくれない。

自分で見ろってことだよね。

そりゃそうか。わかってる。

大きく息を吸うと、胸いっぱいにぬるい空気が入ってくる。

爽快のその字も無い。

天井をあおいで、まずは目を開く。

それからゆっくりゆっくり、ヘルスメーターがある足下まで目線を動かしていく。

「あっ……！」

「おめでと、エリー。がんばったわね」

数字は、目標体重をわずかに下回っていた。

「やっ……っ！」

全身がカッと熱くなって、両手をあげようとふんばったら、急に目の前が真っ白になった。

「ちょ、ちょっとエリー!?」

そこで、私の記憶はぷつんと途絶えている。


「うんんんま――――！」

私は勢いよくストローを吸い上げて、ボトルにたっぷりと詰まったドリンクを飲む。

快適な温度と湿度に保たれた私の部屋は、自然風を模したエアコンの風もあいまってとてつもなく心地《ここち》よかった。

今朝《けさ》の地獄のような部屋と同じ空間だとは到底思えない。

それに加えて、このドリンクだ。

本物のイチゴとミルクにちょっぴりの砂糖を混ぜた特製ジュース。

「イチゴってさ、神様からの贈り物だよね」

「そのイチゴはマイケルの農園から貰《もら》ってきたものよ」

「そういう意味じゃなくてさ」

ダイエットを無事に完走させたお祝いとして、アンジェがわざわざマイケルの農園に行って、イチゴとミルクを貰ってきてくれた。

こんなに出来たメイガスがそばに居てくれて、私はなんて幸せ者なんだろう！

「それ飲んだら、試着してみなさいよ。エリー」

「うん、そだね！」

実は、数日前にショッピングモールへ水着の下見に行き、悩みに悩んだ結果、これは！と思える水着を買ったのだ。

あえて、アンダーを下げた水着を。

正直言って、無茶《むちゃ》をしたかと思っていた。けれど、絞りに絞ったこの体ならなんでも来い！　と、妙な自信が湧いてくる。

人は、こんな風に変われるものなんだな。

アンジェが考えてくれたダイエットメニューには感謝しなくちゃ。

もう二度とやりたくないけれど。

飲み干したボトルをポイッとゴミ箱に放ると、シュパッと入った。

やった。なんだかツイてる。

ぐっと両手でガッツポーズする私。

間仕切りカーテンをシャッと閉めて、アンジェにはカーテンを隔てたその向こうで待っていてもらう。

いよいよショップバッグに入った新品の水着を取り出した。

アンジェは妙に黒やら赤の水着を推してきたけど、どうしても私にはピンと来なかった。かといってピンクとかは子供っぽい。

ワンピースやタンキニでもかわいいのはあったんだけど、その日は私にとって勝負だし、せっかくダイエットしたんだもんね。

私は覚悟を決めたのだ。

というわけで、水色のビキニタイプ！

シンプルすぎるとちょっと背伸びしすぎな気もしたので、フリル付き、ホルターネックのリボンでバランスを取ったつもり。

カナタはドキドキしてくれるかな。

褒めてくれるかな。

そんな思いで早速、試着してみることにする。

よし、腰回りはオッケー！

さて、次はアンダーを下げたブラだ。

腕を通して、胸元で微調整。違和感なし！　きつさもなし！

ダイエット成功の喜びが、またひとしお込み上げてくる。

ホルターネックの紐《ひも》を両手で掴《つか》み、首の後ろで留めてみる。

「ん？」

なんか紐が長いみたい？

スカスカする……。

その、胸のあたりが……。

「どう？」

なにか様子を察したアンジェがカーテンの隙間から顔を出して覗《のぞ》いて言った。

「あら、ピッタリね！　スタイル良《い》いわよ、エリー！」

だが微妙に浮かない私の顔を見て、アンジェはすぐに察した。

「もしかして……もしかした？」

人の体は骨格を基盤に水分と脂肪と筋肉で出来ている。

そして私は水分と脂肪を極限にまで絞り切った。

そして残るのは……。

「大胸筋がいい感じに育ったのね」

「しまったぁぁぁ……！」

「大丈夫よ、女のコにはマジックがあるんだから」

「マジック？」

「じゃーん」

「そ、それは……！」

肌色の山なりの形をした手のひらサイズのそれは……すべての女子の味方！

「胸パッドよん。当日までに完璧なやつ用意しておくわ、エリー。脱いだらガッカリさせちゃうかもしれないけどね。ま、そこまでたどり着いてればカナタだってケダモノでしょ。電気消しとけばわかりゃしないって、うふふっ」

な、なに言ってんだか……アンジェったら。

私は目を泳がせつつも、強い否定はしなかった。

そう、騙《だま》してるわけじゃないもんね。

ちょっとサイズを合わせただけということで。

水着を着込んだまま、姿見の前でくるっと回った。

自分で言うのはなんだけど、結構カワイイと思う。へへへ。

サテライトアクアのプールが待ち遠しい！

私は、アンジェに抱きついて今日までの苦労をわかちあった。

「アンジェ、ありがと！」

体の奥底からごうっと燃え上がる炎を感じる。

その温度は、今朝《けさ》の地獄のような部屋の室温よりもはるかにはるかに熱いはずだ。

そして、サテライトアクアに行く日がやってきた。

昨日の夜からなにを着ていくか悩みに悩み、決められないまま朝を迎えて目のまわりはちょっと赤みが出ていた。

洋服が決まっていたとしても、どうせドキドキして眠れなかっただろうから結果は同じだと思うことにする。

「準備できたー？」

アンジェはボストンバッグふたつを両手に持って言う。

「もうちょっと」

すっかりかさつきがとれた唇に、お気に入りのリップグロスを塗る。ちょっと厚めに。

それから、絶対今日使うと決めていた香水を取り出した。

自分へのご褒美に買った香水だ。

縦に伸びた球形の金色のボトルの蓋を外して、ポンプを押す。

シュッと霧状になった香水が空中に噴き出すと、やさしい甘さと華やぐ匂いがパーッと広がる。

頭の上にボトルを掲げてポンプをもうひと押しして、重力に従って舞い散る香水の霧をまとうようにしてくぐった。

最後にもう一度姿見をチェック。

二つ結びから飛び出るアホ毛をちゃちゃっと直す。

これでよし。

次にこの家の玄関をくぐって帰る時には、私はオトナになってるのかな。なんて、気の早いことを考えているのをアンジェは見抜いたのか、

「いきなりがっついたら引かれるからね、特にカナタみたいな子は」

などと言ってきた。

「ば、ばかっ！」

浮かれないように浮かれないように。

私は、コフィンがカタパルトから飛び出るみたいな勢いで部屋を出た。体が軽くて、軽いジャンプになる。

放物線を描いた私は、栄光に架かる虹になった気持ちだった。

カナタが待つ、キャリアに集合するまでは……。


「それじゃ、出発しまーす」

カナタの声のあと、ブロロン、とエンジンが唸《うな》る。

キャリアのエンジンが始動した。

私は後部のキャビンのソファにチョコンと座っている。

表情筋はとっくに死んだ。音にするならスンってやつ。

なぜかって？

少しだけ時を戻そう。

カナタが待つキャリアに、蜜を出す花にホイホイと群がる蝶《ちょう》のように近づいた私は、早くも違和感に気づいてはいた。

見送りについてきてくれたと思っていたアンジェが、妙にソワソワしていたこと。そして待ち合わせ場所のキャリアの脇には、カナタだけのものとは思えない大量のバッグが置かれていたことだ。

「カナちん、積んでいーよ」

と、舌っ足らずな声が聞こえて、さらに疑いは深まった
キャリア後部のキャビンの窓から顔を出したのはフラムだ。

おやおやおや？

フラムに続くように、

「久しぶりなのよね、サテライトアクア。私まで誘ってくれるなんてカナタってば心が広いわ～」

色気たっぷりなクラウディアの声がキャビンから聞こえた。

魔性って言葉がよく似合う美貌のクラウディアに、毒舌さえわたる少女型メイガスのフラム。

彼女たちは、少し前にカナタとひと悶着《もんちゃく》あったかと思えば、ロックタウンにいつのまにか馴染《なじ》んだ旅人だ。

敵になったり味方になったり、それは旅のドリフターである以上よくあること。コフィンから降りれば、フッーに付き合えるのもドリフターらしい生き様だとは思う。

が、待て待て待て。

だからといってここにいるの？　なんでよ？

慌ててキャビンに乗り込むと、ソファの中央で「くぅ〰〰……すやぁ……」と、ノワールが寝ていた。大事そうに浮き輪を抱えて。

「さ、エリー。私たちもキャビンに荷物載せるわよ〜」

私の背中をトンと押したのはアンジェだった。

「私たちも？　たちも？　ど、ど、どういうこと？」

朝からボストンバッグをふたつ持ってるのは、なんかおかしいなとは感じていたけどさ！

「あ、エリー！　ちゃんとあっちの処理してきた〜？」

「したわよ！　ってお姉ちゃんまでいるの!?」

すでに酒のボトルを半分は空けたお姉ちゃんがキャビンに乗り込んできた。

パニックだ。

予想だにしなかったことが起きたのだ。現実に。

運転席にすべりこんだカナタのジャケットの裾をちょいちょいと引っ張って、小さな声でカナタに確認した。

「ねえ、カナタ」

「ん？」

「今日のこの状況って、どういうことなのかなー…なんて」

「どういうことって、トキオさんが最近ミョーに羽振りよくてさ。サテライトアクアのチケットをくれたんだよ。だから誘ったんだけど」

「うんうん、そうよね。私誘われたよね」

「しかもゴールドチケットだし、これは絶対行かなきゃって思ってさ。みんなで」

「みんなで」

……みんなで。そこで、疑いは遂《つい》に確信へ変わったのだ。

「そ、そういうことよねぇ～……」

カナタに罪は無い。

罪があるとしたら……。

「アンジェ！　最初から知ってて黙ってたでしょー！」

「ごめんごめん！　なんかもう頑張ってるエリーを見てたら途中から言い出せなくて、本当にごめん！」

「頑張るって？　エリー、もしかして忙しかった？」

「そ、そうじゃないの！　すっごい楽しみにしてたよ！」

「そっか、良かった！」

カナタはきっと自分も楽しみなのだろう、ウキウキしている気持ちを隠そうともせずにっこりと笑ってくれた。

もうその笑顔をこの距離で見れたからオッケーってことにした。

でも、これだけは言わずに居られなかった。

「アンジェのバカぁ～～～～～！」

とはいえ。

なんだかんだで大所帯のキャリア移動は楽しかった。

アンジェにお姉ちゃんに、ノワールにクラウディアにフラムに、はからずもいろんなタイプの女がいれば話題はつきないもの。

今までノワールとゆっくり話す機会は無かったけれど、隣り合って話してみれば悪意のカケラもない、素直な子だった。

たしかにいろいろ抜けてるけど、カナタがかまってあげたくなる気持ちはすぐに理解できた。

クラウディアとフラムは、さすが長い間旅しているだけあって、いろんなネストのネタ話で盛り上げてくれた。

この人たちも、決して悪い人たちじゃない。

お姉ちゃんとクラウディアの年上コンビが妙に意気投合してニヤニヤとこっちを見ているのは、不安しかないけど……。

ロックタウンからサテライトアクアまでは、それなりの距離があったはずだ。なのにあっという間に感じた。

というか私、カナタとふたりきりだったら、どうやってこの移動時間を繋《つな》いだんだろう。

沈黙で胃が痛くなる状況を想像してしまう。

やっぱり良かった。みんなが居てくれて。

一日たっぷり遊べるゴールドチケットなんだから、プールでもふたりきりで過ごす時間なんてよく考えれば結構ありそうなのだ。

むしろこの状況、めちゃくちゃイイ感じなんじゃない？

「あー！　見えてきた！」

カナタの声で、みんなが一斉にキャビンの窓に顔を近づけた。

晴れ渡る空の向こうを、キャビンの窓から見てみる。

小高い丘の上にサテライトアクアの大きな建物が見えた。

「おっきー！」

フラムが叫ぶ。

「わ～～～～～！」

私も続く。

こんなのテンション上がらないわけがない！

キャビンの女子メンバーは、立場や年齢に関係なくソワソワウキウキしてしまっている。

誘導灯に沿って走るキャリアは丘を勢いよく駆け上がり、巨大なゲートの中に入っていく。

車輛《しやりよう》入場ゲートの扉ががっちり閉じられると、途端にツンとくる塩素の匂いがキャビンの中にまで伝わってきた。

「さあ、行こう！」

カナタの声は、いつもよりちょっと高い。

メイガスにだってその違いはわかるまい。

私はうーんと伸びをして、キャリアから飛び跳ねるように降りた。

更衣室はもちろん男女で分かれていて、カナタはひとりで男子更衣室。そして女子更衣室は大所帯だ。

個室の更衣室のうっすらと濡《ぬ》れた床に広がる薄い水たまりの冷たさが、わくわくどきどき火照《ほて》る体を落ち着かせてくれる。

「ねえ、まだなのエリー」

お姉ちゃんが呼んでいる。

「もうちょっと！」

「カナちんが待ってるよ～」

「わかってるー！」

布がひっくり返っているところはないか、右に左に身を捩《ねじ》って腰回りも確認。水着はオッケー。

更衣室のカーテンに手をかけると、急にドキドキしてきた。

人前でこんな薄着になるのは初めてだ。

その初めてがカナタの前だなんて。

急に頭がふつふつ沸いて、足下がふらつく。

両手を頬《ほお》に添えると、ぽっとあったかい。というか、熱い。

思い出せ、あの辛かったダイエットの日々を。

それは今日この時の為《ため》だ。

やり遂げた充実感を思い返すと、高鳴る胸の音が落ち着いていくのがわかった。

「おまたせ！」

更衣室を出ると「おぉっ」と小さな歓声が湧いた。

マリアもクラウディアもフラムも、揃《そろ》って同じような顔をしていた。アンジェはその隣で、鼻高々にうなずいている。

「ダ、ダメかな？」

私はちょっぴり小さくなって、おずおず聞いた。

「それを決めるのは、私たちじゃないからな～」

お姉ちゃんがニヤニヤしながら続ける。

「なーんだ、せっかくイイモノ用意してたのに、こっちは不要だったか～」

お姉ちゃんは指の先でくるくるとなにかを回していた。

「なにそれ？」

「ふっ。良くぞ聞いてくれたわね、カナタ殺しの最終兵器よ」

バチッとウインクしながらお姉ちゃんが広げたそれは、布要素ほぼ皆無のマイクロすぎるマイクロビキニだった。

「着るかぁ！　そんなもん！」

「カナタを殺すのですか？」

ノワールのとんちんかんな一言も相まって、私以外の女子メンバーはお腹《なか》を抱えるほど笑っていた。


カナタはプールサイドのベンチに腰掛けて、退屈そうにあくびをしていた。

休む間もなく、ロックタウンからサテライトアクアまで運転してくれてたんだもんね。

「待たせてごめん」

ちょっとだけ小走りに、カナタの前に駆け寄った。

「ああ、エリー。全然待って……ッ!?」

カナタが固まっている。

「あ……」

「なに？　もしかして運転疲れ？　もうちょっと休んどく？」

カナタには声が届いてないみたい。

ぽやんとちょっと間抜けな顔をしたあと、カナタはハッとした様子で言った。

「あ、え、いや。そうじゃなくてさ……」

カナタが顔をそむけたので、ちょっとイヤな予感がした。

もしかして、この水着、カナタの好みじゃなかったのかも。

「その～……なんといいますかね」

「ヘン、だった……？」

「いえ、むしろその……かわ……」

「川？」

なに言ってんの、これからプールでしょ。

「かわぁ～～～～～？」

ひょいと私とカナタの間に、ちいさな体が割って入った。

フリル付きのワンピース水着を着込んだフラムだった。

ねえ、川ってなに？

「「「かわぁ～～～～～？」」」

今度はアンジェとお姉ちゃんにクラウディアまでやってきて、合唱している。

なに？　なんなの？　だから「川」ってなんなのよ！

「あ――――ッと！」

急にシャキッとしたカナタが、腕を上げたり下げたりして準備運動を始めた。

「もうこんな時間だぞ！　さあ、早くプールに行って泳ごうじゃありませんか！」

言うやいなや、カナタはプールサイドをダッシュしていく。

ピピーッと笛が吹かれて「そこ走らなーい」と、屈強そうな体のお兄さんがカナタの首根っこをふん捕まえている。

「ふふっ。なにやってんだか、子供みたい」

思わず私は笑ってしまった。

「ほーんと、子供みたいよねえ～」

お姉ちゃんとクラウディアが意味深に「くつくつ」と笑っているのは、なんだったんだろうか。


サテライトアクアには、目玉でもある波打ちぎわを再現したウェーブベイ、全長１００メートルを超える流水プール、高低差20メートルはあるウォータースライダー、ジャグジー付きの温水プールに、リラクゼーション効果のあるスパやミストサウナまであって、とうてい一日では回りきれないほどのボリュームだった。

さすが、「荒れた大地のみんなのオアシス」をキャッチフレーズにするサテライトアクアだ。

しかも、特別なゴールドパスを持っていた私たちは、それぞれのウォーターアトラクションに並ぶ待ち時間をすっ飛ばして、優先的に遊べたのである。

こりゃもうトキオにはボトルの一本くらいは奢《おご》ってやらないといけないね、とプールサイドのパラソルの下でワイン片手にくつろぐアンジェとお姉ちゃんと話したものだ。

無尽蔵の体力を誇るフラムが——そりゃメイガスだし当たり前だけど——何度も何度もウォータースライダーをせがむものだから付き合っていたんだけど、さすがに限界がきた。

プールサイドに腰をおろし、水面に足だけつけて、ぱしゃぱしゃと水をかいて遊ぶ。

スイミングモードのプラグインに対応していなかったらしいノワールが、潜水艦か魚雷のごとく25メートルプールの端から端まで潜ったままで行ったり来たりしてるのを眺めながら。

「ははっ、潜水艦みたいだ」

そんなノワールの様子を見て、カナタが微笑《ほほえ》んでいた。

カナタも遊び疲れたのだろうか。

すっと私の左側に来て、座った。

思わず脇を締めてしまったけど、気づかれなかったかな。

だってカナタの肌と私の肌が、こんなにも近いから。

左半身が痺《しび》れるみたいに熱くなる。

「けどさ、俺もノワールのこと笑ってられないんだよな」

「な、なにが？」

なんてことない会話なのに、カナタの吐息が直接私の肌に触れたような気がして、声が上ずってしまう。

プールってやばい。危険すぎる。

「いや俺さ、実は泳げないいんだよね」

「え、それほんと？」

言われてみれば、カナタの上半身はあんまり濡《ぬ》れてない。というか、水着すら……。

ハッ！　私、なに見てんの!?　どこ見てんの!?

本当にプールってやばい。目のやり場に困る！

「エリーにこんなウソつかないよ」

はて、それは……カッコつける必要がないってことなのかな、それとも私には本当のことを話してくれるってことなのかな。

私は右側の束ねた髪の毛先をちょっとつまんで、冷静になろうと深呼吸する。

「でさあ」

カナタは少しだけ身を乗り出して、私の顔を覗《のぞ》き込《こ》むような格好になった。

近い。今なら追い詰められた小動物の気持ちがわかる。

「よかったら……泳ぎを教えてくれないかな……」

「え……な、なんで私？」

「フッーに泳ぎ方を教わるなら、エリーが一番かなって」

私が一番？

心の中のリトルエリーが、パンパカパーンとくす玉を割った。

やりましょう！　カナタが私を選んでくれたなら！

「ま、まあ、別に教えてあげるくらい、いいケド？」

気持ちとは裏腹に、かわいげの無い返答しかできない自分を呪いつつ、ジャボンとプールに身を投じた。

「ほら、おいで」

目をそらしながら手を差し出すと、カナタは「ありがとう」と言って、私の手を握った。

今まで触れたどんな手よりも硬い手のひらと指の感触に、カナタが積み上げてきた努力のあとを感じた。

#08　届け

「そうそう、そのまま。苦しくなる前に顔上げて」

バチャバチャバチャと水しぶきがあがる。

私は半歩ずつ後ろに下がりながら、バタ足するカナタの両手を引いていた。

カナタが泳げないなんて、私は知らなかった。

幼馴染《おさななじみ》だからってなんでも理解できていると思ったら大間違いだ。

年を重ねるうちに、むしろカナタの知らない部分は増えている。

昨日の夜どんな本を読んだとか、どんなゲームをしたとか、ごはんが美味《おい》しかったとかどうだとか。

昔は当たり前のように話していたけど、今はそんなこと1ミリも気にしたことがなかった気がする。

相手を知るって、そういう所からなのかもしれない。

これからはもっと、いろいろと訊《き》いてみよう。

それこそ、昔みたいに。

それって、カナタと私だけにできることなのかも。

別に悪いことじゃないよね？

「ぶほぉっ！」

息継ぎのタイミングを見失ったカナタは、苦しくなったのか空気を一気に吐き出してその場に立ち止まった。

「けほっ、けほっ……！」

「大丈夫？」

「どのくらい進んだ？」

「十メートルくらい！　さっきより進んだよ！」

「やった！」

カナタは額に張り付く濡《ぬ》れた髪をかき上げながら笑った。

「いえーい！」

私が右手を高く掲げると、カナタもそれに応じてくれた。

パシィ！　と、弾《はじ》けるような音がした。

あぁ……サテライトアクア、最高オブ最高！

手に触れるだけで口から心臓が飛び出そうだったのに、泳ぎの練習をする間に手を握るなんてへっちゃらになってしまうんだから恐ろしい。魔法みたいだ。

間違いなく、私とカナタの距離は近づいて行ってる。

ありがとう。味のしない健康食品。

ありがとう。ヘルスメーター。

今の私があるのは、みんなのおかげだよ。

この時間が、ずっとずっと続いてくれればいいのに！

そう思っていたまさにその時だった。

サテライトアクア全体を覆う透明の巨大天蓋《てんがい》ドームに遮光《しゃこう》フィールドが掛けられていく。

太陽光は遮られ、屋内はだんだん暗くなり、手の届く距離にいるカナタの姿すら輪郭がぼんやりとする。

「なんだこれ？」

カナタも動揺していた。

「事故？　とかじゃ、ないよね……？」

あれだけ晴れていたのだから、エンダーズとは思えない。

ざわざわ、どよどよと館内にざわめきが広がる。

ドームを動かす機械がズゥンと振動すると、ところどころで小さな悲鳴があがった。

暗闇に目が慣れると、カナタは真剣な顔で周囲を見渡していた。

「きっと、なにかあったんだ、エリー」

「うん！」

カナタに手を引かれながら、ザバザバと水をかき分けてプールの端にたどり着く。

「エリー！」

先にプールサイドに上がったカナタの手をしっかりと握る。

プールの底をグッと踏み込んで、飛び上がった。

「わぁっとと！」

勢いあまってカナタにもたれかかってしまったが、カナタは倒れることなく踏ん張って、私を受け止めてくれた。

「あ……ごめん、カナタ……痛くなかった？」

「だ、だいじょうぶ……、思ったより、軽かったし……」

思ったより？

って、それはさておき、意図せずカナタに抱き抱えられる格好になってしまった私は、電池が切れたかのように動けなくなってしまった。か、体が、なにも、言うことをきいてくれない！

ほのかに温かい胸板を通して、私のドキドキが響いているんじゃないかと思うと気が遠くなる。

「ねー！　見て！　カナちんとエリーが闇に乗じてここぞとばかりにくんずほぐれつしちゃってるよー！」

「く、くんずほぐれつってなによ～!?」

褒め言葉ではないことを確信して、カナタから距離をとった。

にへら～と笑ったフラムが、ぴょんぴょん飛びはねながら私とカナタの周りをくるくる回る。

「ん？　天井からなんか出てきた！」

フラムの目線を追うと、天蓋《てんがい》ドームの中心から投光器がせり出す様子が見えた。青い光が地面に伸び、投光器が傾くにつれてゆっくりと光の筋がどこかを目指して動き出した。

「おまたせぇ～しましたぁ！」

妙に聞き覚えのある声がスピーカーを通して、館内に響き渡る。

「おまたせぇ、しすぎたかも、しれませんッ！」

カッと、一瞬視界を奪われるほど明るく光ったスポットライトが照らしたのは館内中央に設置された特設ステージだった。

誰かがいる。

遠くてよく見えない。

「トキオさん!?」

「え？」

なんで？　なんでトキオ？

でもカナタが言うなら間違いないはずだ。

「なんでトキオがココにいるわけえ!?」

もちろんそんな声は届くことなく、トキオは身振り手振りしながらマイクパフォーマンスを続ける。

「ロックタウンが生んだ超新星！　デビュー曲がいきなりチャートを賑《にぎ》わし、お前らの心をワシ掴《つか》みしまくり！」

ぬおおおおお！　と、いきなり野太《のぶと》い声がステージ方面から聞こえた。一瞬、歓声の輪の中にマイケルがいたような気がしたけど、それは見なかったことにしておこう。

「それではお楽しみください。最高のステージを届けてくれるのは」

すぅっと息を吸い込む音までもが、館内に響き渡る。

「歌姫ェ！　シィーエ――――――ルゥ！」

わあああああ！　と歓声が響き、ステージ前に集まる人の動きが重なり合ってサテライトアクアを揺らすのとほぼ同じタイミングで、流水で造られたウォータースクリーンにＣＩＥＬの４文字が浮かびあがり、たくさんのライトが踊るように動きだす。

同時に焚《た》かれたスモークが、色とりどりの光を拡散していく。

いつのまにか飛び交うシャボン玉は、プリズムのようだった。

魔法みたいだ。本当に。

「シ、シエル？　あのシエル？　どういうこと？」

「用事ってこのこと!?」

スピーカーが割れそうなほどの重低音がズンズン鳴って、私たちの会話は簡単にかき消されていく。

せり上がってきたステージの真ん中には、あの透明感バッグンの気品あふれるメイガス、シエルがきらびやかな舞台衣装をまとって立っていた。

これまでで一番の歓声……というか悲鳴に近い何かがこだまする。

巨大なウォータースクリーンに、瞳を閉じたシエルの表情が大きく映し出された。みんな、息を呑《の》むように静まりかえる。

「いくよ！」

弾《はじ》けるように開かれた薄い黄緑色の瞳には、いつのまにかファンが取り出したサイリウムと、バズーカから噴き出した大量のセロハンの舞い散る様子が映り込んでいる。

普段とは違うシエルの真剣な眼差《まなざ》しに――いや、普段の姿を知るからこそのギャップなのかもしれない――正直、鳥肌が立った。

カリスマ。

たしか、そんな風に言うんだっけ？

たった一曲。5分にも満たないステージで、サテライトアクアの空気は一変していた。

通りすがる人みなシエルの名前を口にして、「また見たい」「近くで見られてラッキー」「俺と目があった」なんて騒いでいる。

私の横でシエルのステージをいっときも目を離さずに見つめていたカナタは、歌い終わった直後のシエルと目が合うと、恥ずかしそうに小さく手を振り合っていた。

ようやく館内が平常運転の空気に戻った頃、ステージの役目を終えたシエルがパタパタと私たちのもとへやってきた。

彼女とすれ違ったカップルや家族連れが、わーきゃーと叫んでいた。なんだか、格差を感じる。なんだろう。この敗北感。

「びっくりした？」

シエルはカナタの手をとって微笑《ほほえ》みかけている。

「びっくりした。用があるって、このことだったんだね」

はぁん、そうですか。

やっぱりサプライズだったのね。

誰よ、誰が仕込んだのよ。

「ここで1日2回、歌わせてもらってるの。トキオがプロデュースしてくれたのよ」

そうよね。トキオよね……あいつに奢《おご》る予定のボトルはナシだ！

さっきしっかり見たんだからね、ライブ終わりのおひねりタイム。

かなりの金額貯め込んでたわよ、あいつ。

「でも、よくOKしたね。シエル。トキオさんのプロデュースなんて胡散臭《うさんくさ》いにもほどがあるのに」

そーだそーだ！

声には出さず、心の中で反応する自分のモブ加減が哀《かな》しい。

「なに言ってるの。私の背中を押してくれたのはあなたよ、カナタ」

「俺？」

「カナタが言ってくれたから。私の歌を、好きだって。だから私の中にもうひとつ夢が生まれたの。もっともっとたくさんの人に私の歌を届けるっていう、夢！」

シエルの笑顔は混じり気ナシのまぶしい笑顔で、それに応えるカナタの笑顔もとても素敵だった。

私とは、正反対だ。

「そっか、俺、応援するよ！　シエルの夢！」

「私もあなたの夢、応援してるわ」

そっか。シエルは、カナタの夢を知ってるんだ。

もうそんなことも話したんだな。

「どっちが先に叶《かな》えられるか、競争ね」

イストワールに行きたいと願うカナタの夢を知った上で、すんなりとその言葉が出るメイガスが羨ましい。

私にはできなかったことだから。

「ねえカナタ、このあとも遊んでいくの？」

「遊ぶっていうか、エリーに泳ぎを教えてもらってるんだ」

「あら、泳ぎだったら私も得意よ。午後のステージまでの間で良ければ一緒に教えてあげよっか？」

私のいないところで、話を進めないでよ。

カナタは私と一緒に泳いでたんだよ。

「エリー、構わないかしら？」

それを私に訊《き》くのは卑怯《ひきょう》だよ。

断ったら、イヤな奴《やつ》じゃん。

せめてカナタが断ってくれたら、私だって立つ瀬があるのに。

カナタは、私の答えを待っていた。

泳ぎを教わるなら私が一番だったとしても、私とふたりで居たいわけではないんだもんね。

そうだよね。
「だったら、シエルだけで教えればいいいんじゃない？」
こんな事言いたくないのに、どうしてこうなってしまうんだろう。
カナタとの距離が縮まったと思ったらこれだ。
素直に「うん、一緒にやろう」って言えばいいのに。
居場所を横取りされたような気がして、不機嫌になって。
私の味方をしてくれないカナタの態度に、拗《す》ねて。
カナタに近づけたことで、独り占めできるなんて思い上がって。
カナタは誰かのモノじゃないのに。
「エリー……？　どうしたんだ？」
「どうもしない。どうもしないってば！」
絶対嫌われた。
イヤな女だと思われた。
せっかくの楽しい雰囲気をブチ壊したんだから。
三歩目までは歩けた。
でも四歩目からは我慢できなくて、走った。
遠くの方で、監視員の笛が鳴っていた。

止まれと言われて止まれるような、器用な女になりたかった。
この気持ちは、どこから来るんだろう?
私とカナタが「おともだち」だった頃のこと。
お姉ちゃんのラボの鉄塔には、私たちだけの秘密の場所があった。
内緒でお菓子を持ち込んで、ふたりではんぶんこしながら食べるのがお決まりだった。
ある日、カナタは教えてくれた。
——夢は、イストワールに行くこと。
私はそれを聞いて、ぷっと噴き出して笑った。
イストワールは、おとぎ話に出てくるフィクションなんだから。
あんまり真剣なカナタがなんだかかわいくって、笑ってしまった。
その時、ふと目の端に悲しそうなカナタの顔が見えていた。
けれど、その時の私には、どうすることもできなかった。
少し元気をなくしたカナタを「つまんない」なんて言うしか、私にはできなかった。
何度も何度も後悔した。
だけど吐き出した言葉は取り返せない。
謝るタイミングを逃したまま、時間だけが過ぎた。
思えばその時からだったかもしれない。

カナタに、素直な態度を取れなくなったのは。

いつか、私のこの過ちを指摘されてしまったら、怖い。

でも、まただ。

また同じことをしてる。

もう二度とカナタを傷つけないようにって思って、これで何回目なんだろう？

それで思い知る。私の決意は、決意じゃなかった。

なんとなく。

そう、なんとなく流されながら、その場その場でいい顔をしようとしてきたのが私だったんだ。

シエルを見て嫉妬したのは、私とは違う本気を見たからだ。

「エリー！」

私を呼ぶ声が聞こえた。

カナタの声だ。追いかけてきたんだ。

遊んでればいいのに。

まだ会わせる顔が無いよ。

「なんで来るのよ、来ないでよ！」

「待てよエリー！」

すぐに私は追いつかれた。
昔は私の方が足速かったのに、こんなにすぐ追いつかれるなんて思いもしなかった。
だから、油断してた。
私に追いすがるカナタの手が、私の首元に触れる。
「んひゃあぁッ！」
飛び上がるほど驚いた私は、すぐ脇のプールにドボンと落ちた。
勢いよく落ちた反動で一気に沈んでいく。水底まで――。
「ごぼっ……！」
あれ、おかしい。足がつかない。
ここ、まさか競技用？
ハッとなって下を見ると、底が見えないくらい深い。
少なくとも私の背の倍くらいはあるかもしれない。
――やばい！
上に。とにかく上に。
焦って足を動かそうとすると、指先にビリッときた。
――攣《つ》った！　痛いッ！　まずい！
力いっぱいに腕を振り回してもがいても、体は沈んでいく一方だ。

なんで、なんでよ？

私……死ぬ？　こんなところで？

カナタとあんな風に別れたまま？

カナタ……カナタ……。

最後に胸に残っていた息を吐き出すと、私の体は一気に沈み始めた。もう、どこにも力が入らない。

カナタ。

ごめんね。

愛想の悪い女でごめんね。

私、夢を応援してあげられなくて、ごめんね。

ゆっくりと視界がふさがり始め、いよいよ私は覚悟した。

水面を見上げると、太陽光がキラキラと光っている。

私はそのキラキラした場所から逃げた。その罰だと思った。

やがてキラキラの中に無数の泡が現れて、その泡をかき分けるようにカナタの姿が現れた。

あれ？

どうして？

いや、これは幻だ。

だってカナタは泳げないんだもの。

ということは……天国行きの天使って、カナタに似てるんだ。

それがおかしくって、私はもう死ぬんだってときにまで、うっすらと笑ってしまった。


「――リー！　エリー！」

誰？

ちょっと眠いんだけど。

「エリー！　エリー！」

いつまで私の名前を呼ぶのよ。

起きるから。

起きるからちょっと待って。

ゆっくりと目を開くと、天井を抜けて降り注ぐ太陽光が痛いほど目に染みた。

「エリー！！！」

アンジェの声は、今にも泣きそうなほど震えていた。

私の顔を覗《のぞ》き込《こ》むお姉ちゃんの目も涙ぐんでいた。

ゆっくり目を動かすと、フラムもクラウディアもノワールもいた。

私、横になってるの？

どこで寝てんの？

あれ、ていうか死んだよね？

「私、は……」

「カナタが飛び込んで助けました」

ノワールが淡々と状況を教えてくれた。

カナタが？

でも、カナタは泳げないはずなのに。

「カッコよかったんだよ。カナちん」

「マウストゥマウスもバッチリ決めたしね」

「ク、クラウディアさんッ！」

カナタが慌てていた。

ええと、気を失ってから間もない頭はモヤモヤしてばかりで、まったくもって回転してくれないけれど、とにかく考える。

溺れた私をカナタが助けてくれたのよね。

それで、クラウディアが言うにはマウストゥマウスもしたんだ。

やるじゃんカナタ。

でも誰に？

……………………………………………ん？

この状況で、マウストゥマウスが必要な人、手を挙げて。

……はーい。

「ちょ、えええええ!?」

突然どこかから湧き上がった力で、体をバネのようにはね上げた。

「そ、それって、もしかして、私とカナタが……ってこと？」

バッ！　とカナタを見ると、目を逸《そ》らされた。

え、マジっすか？　しちゃったんですか？　てことは……。

「キス？」

しちゃったの、私が!?

その場にいる誰も否定しないまま沈黙が続く。

その沈黙こそ、揺るぎない答えだと私は理解するしかなかった。

それから、帰りのキャリアに乗ってロックタウンにたどり着くまでのことはほとんど覚えていない。

失われた記憶から、ファーストキスの思い出を絞りだそうとしてもなにひとつ、カケラも出てこなかった。

本当にしたのかな……？

でも、カナタに聞くわけにもいかないし。

かといって、なかったことにするのもちょっとな……。

カナタが特別に思っていてくれる可能性だって、わずかにあるわけで……。

でもでもでも！

ファーストキスが気絶してる間なんてヤダヤダヤダ！

そんな事ばかりを考えていたらいつの間にか閉園時間を迎え、無心の置物と化していた私はキャビンに押し込められて、気づけばすっかり夜を迎えたロックタウンに帰ってきていた。

見慣れたロックタウンの匂いは、浮かれた私を現実に引き戻すには充分で、出発前よりも問題山積みになったカナタと私の関係性について、冷静に考える力を与えてくれた。

自宅には帰らずお姉ちゃんのラボに立ち寄ったのは、ここからもう一度やり直したいという無意識が働いたのかもしれない。

すっかり星空に包まれたラボの屋上は、気持ちの良《い》い風が吹いていた。

「はあ……」

「まだ落ち込んでるの？　結構イイ感じだったじゃない」

そりゃ、そう思える時だってあったけどさ。

勝手に騒いで、自滅して、迷惑をかけた上に事故みたいなファーストキスを「イイ感じ」でまとめる気にはなれなかった。

「はあ……」

お姉ちゃんは、ボトルを十本すでに空けている。

呆《あき》れるくらい早い飲みっぷりだからというのはあるけれど、ため息ばかりで帰ろうともしない私に付き合ってくれているのだ。

平気な顔していつまでも待ってくれるのがお姉ちゃんだ。

甘えすぎだ。

きちんと言葉にしないと。

「イイ感じどころか、思い知ったの。私、なんとなくだって」

「なんとなく？」

「シエルはカナタのことがちゃんと好きなのに。私はただ、なんとなく。だからきっと負けちゃうんだ」

「なんとなく好きじゃ、ダメなの？」

お姉ちゃんはボトルをもう一本空けて、すっと空を見上げた。

手を伸ばせば届きそうなくらいはっきりと星が輝いている。

「私はさ、ロケットを造るのが好き。何度失敗したって造り続けていられる。それはなぜかって言うと――」

お姉ちゃんは月に向かって空きボトルを掲げた。

ロケットに見立てたそれを、ふわりと投げる。

放物線を描いて、ボトルは再びお姉ちゃんの手に収まった。

「なんとなく」

言い切ると、私の方を向いてニヤリとしていた。

「これって、ダメな気持ちだと思う？　お姉ちゃん、負けてる？」

「全然、そんなことない」

そんなことあるわけない。

だってお姉ちゃんがなんとなくなんて軽い気持ちで宇宙を目指しているわけじゃないことは、私が一番よく知ってる。

なのに、そんなたとえを出してくれるってことは、お姉ちゃんはこう言いたいのかもしれない。

さっさと諦められるような夢こそ、なんとなくなんだって。

「……っく、ふぇぇぇ～ん……！」

今ほしかった言葉をそのまま投げかけるのではなく、私から引き出すように仕向けてくれたお姉ちゃんには敵《かな》わないな。

子供みたいにわんわん泣いた。

涙と一緒に、意気地《いくじ》なしの私を全部流し出すんだ。

もう私に、自分を守る為《ため》の涙は必要ないから。

「あっ」

お姉ちゃんがなにかに気づき、誰かの気配を感じた私も同じ方向を見た。

カナタとノワールだった。

お姉ちゃんはノワールを「ちょっと検査」と言って強引に引き離して、私とカナタのふたりの時間を作ってくれた。

なんとなくじゃない。

ちゃんと向き合う。

そんなチャンスを、お姉ちゃんはくれたんだ。


鉄塔の踊り場で、私とカナタはあの時と同じように座った。

私の左側が、カナタの定位置だった。

今夜はとっても静かで、会話を遮る雑音は一切無い。

どうしてカナタは来てくれたんだろう？

なにを思って、私の隣に座ってくれているんだろう？

答えらしい答えはひとつも見つからなかった。

けど理由なんてどうでもいい。

神様がくれたチャンスなら、もう絶対、逃さない。

逃したくない。

「ちょうどふたりだしさ、ちょっと昔の話、してもいい？」

私はそう、切り出すことにした。

「うん？」

カナタはいったいなんの話だか見当もついていない様子だ。

「昔、小さい頃、私カナタの夢の話を聞いて、笑ったことがあったよね。カナタは真剣だったのにさ。あんまりにも突拍子《とつぴようし》なかったから、つい……。人の夢を笑うなんて、サイテーだよね。今日、シエルとカナタがお互いの夢を応援しあってるのを見て、ホント、そう思った」

過去は取り戻せない。けど、やり直そう。ここから。

私は立ち上がって、カナタの方を向いて、顔が見えなくなるくらいまで頭を下げて、言った。

「ごめん」

カナタから反応は無かった。

不安になって、少しだけ顔を上げた。

さぞや真剣な顔をしているかと思っていたのに、カナタは鼻の穴を広げて小首をかしげ、「はて？」とおでこに書いてあるような顔をしていた。

「な、なに。その顔」

「いや、そういえば、そんなこともあったなあと思って」

「あったなあって！　そんな軽い感じ⁉」

想定外のリアクションだったので、動揺を隠そうと語気が強まってしまったのを言ってから後悔した。

「うん」

「わ、私、ずーっと気にしてたんだよ！　あの時カナタ、寂しそうな顔してたじゃん！わかってたんだけど、引っ込みつかなかったんだもん、だからごめんって言いたかったのにさ！」

なんで私がキレてるんだ？

いやキレちゃダメでしょ、私。

「待った。カナタごめん、私またあんたのこと責めてる」

「ふふっ。はは。まあ、そりゃちょっとはヤな気持ちにはなったかもしれないけどさ」

「やっぱりぃ？」

「でも、そんなこととっくに忘れちゃうくらい、いつもエリーには助けてもらってる。思い出すのは楽しいことばっかり」

特大のバッチーンという音がした。

私のハートに、なんかものすごい豪速球が飛んできた。

「そ、そんな風に思ってくれてたんだ。じゃあ、あのことも？」

「あのこと？」

か、顔から火が出そうだ。

でもこのタイミングしかないと思う。

もし、できるなら、こっちもやりなおしたい。

「今日、したんでしょ？」

「え？」

「だから、マウストゥマウス……」

「は？」

「ていうか……キス！」

「してない！　してない！　してないよ！　……その、俺がする前に、アンジェが……」

溺れた私を、カナタが死にものぐるいで助けてくれたことまでは、真実だった。だけどそこから先は、どうやら色々と違ったらしい。

プールからすくい出され、横たわる私を見たアンジェが大騒ぎした挙げ句、人工呼吸をしてくれたそうだ。

なぜそれを早く言ってくれないのよ！

と、カナタを責めたい気にはなったけど、本当のことを口に出せないもどかしさはなんとなく私にもわかる。

カナタもきっと、色々考えてることはあったんだろう。

そう思える自分が、少し、嬉《うれ》しかった。

「なーんだ、そうだったんだ」

ふーっと大きく息を吐いて、ああでもないこうでもないとあたふたしていた自分に区切りをつけた。


こうして、私のとんでもなく忙しい一日は終わった。

自宅に帰りついて、玄関をくぐる時、今朝《けさ》の事を思い出した。

オトナになって帰ってくる。

そんなしょうもない事を考えていたっけ。

アホみたいに浮かれていたなと苦笑いしたくなる気にもなったけど、今朝とは明確に違う自分がいることにも気づく。

カナタと向き合い、何年も言葉に出来なかった事を形にできた自分を褒めてあげたい。

今日はいつもよりぐっすり眠れる気がするのは、体中に残った疲れだけが原因では無いと思った。

＃09　私たちの冒険

アヴァンチュールのアジトにメンバーが勢ぞろいするのは、久しくなかったことだった。

ただでさえ広くはないアジトの中に人がひしめきあう様は、独特の雰囲気をかもしだしている。

これから一体なにが始まるのかという期待と緊張だ。

なかには「どこかのマフィアと激突するのでは」なんて物騒すぎる話をしだす人までいる。

ガチャッと扉が開き、マイケルとボブが入ってきた。

すぐさまシャキッと並び、みんなマイケルの言葉を待つ。

こういうオンとオフの切り替えは、アヴァンチュールの良《い》いところだといつも思う。

「皆の者、耳をかっぽじってよく聞け。サテライトアクアから緊急支援要請が入った。アヴァンチュールは全隊、出撃する！」

全隊？　全員動かすの？

そんなことアヴァンチュールの歴史上初めての事だと思う。

しかも緊急支援要請なんて、どんなエンダーズが出たのやら。

一気に緊張感が走った。

なにより、サテライトアクアと聞いて私は奮い立つものがある。

数日前に色々あった想《おも》い出《で》の場所だもん。

危機だとしたら放ってはおけない。

居並ぶ歴戦のドリフターたちの目が一気に鋭くなる。

私も覚悟を決めた。

この戦いは、きっと激しいものになる、と。


「配置はこの通りでお願いします。エリーさんとキリヤ君はこちらのルートに立って目を光らせておいてくださいね」

「わかりました」

キリヤは神妙な面持ちでボブの説明を聞いている。

私は説明と同時に手渡されたＴシャツに書かれた文字を、アンジェと一緒にじっと見つめていた。

Ｔシャツは黒の無地で、背中にはデカデカと「ＳＴＡＦＦ」と白いテキストが印字されていた。

「ねえボブ、一応訊《き》くけどさ。サテライトアクアから緊急要請が入ったのよね、アヴァンチュールに」

「ええ。堅牢《けんろう》な守備網を構築しなければならない案件です」

「そうよね。アヴァンチュール全隊を連れてきたんだもんね」

今私たちがいる控室はサテライトアクアの裏側、つまりバックヤードとも呼ばれる関係者だけが立ち入れる空間だ。

「堅牢な守備網ねえ……」

アンジェの声音が呆《あき》れを通り越した無の境地に至っている。

同感だよ、私も。

「シエル様のライブが予想以上のプラチナチケットとなり、サテライトアクアとしては警備を増やさなければならないと頭を抱えていたところ、マイケル様がすぐに手を挙げられたのです」

「で、そのマイケルは？」

「かならずシエルさんをお守りすると親衛隊を名乗られ、ステージ最前の警備につくとおっしゃられています」

「公私混同じゃないのよ！」

要するに、シエルのライブの警備をアヴァンチュールの面々でやるということで今回私たちはサテライトアクアまで来たらしい。

数時間前の私の尊い覚悟を返して欲しい。

もしくは高値で買い取ってくれてもいい。

狭い控室は、肩をいからせ外へ飛び出していく黒Tの仲間たちの背中が嫌でも目に入る。

あんたたちにはプライドってものがないの⁉

その輪の中に、いつのまにかTシャツを着込んだキリヤが交じり、興奮を隠しきれない顔でキョロキョロしていた。

キリヤ、あんたもなのね。

けど、彼らの気持ちは一応理解できなくもない。

シエルのライブはとにかく圧巻だったもの。

彼女の歌声は儚《はかな》くて、なのに決して周りの爆音に負けない強さがあった。聴いている人たちに届くって、そういうことなんだろう。

大きなステージでたったひとりなのに、キレのあるダンスの迫力があいまってまったく小さく見えなかったのもそう。

そしてあのカリスマ性だ。

そりゃあ老若男女《ろうにゃくなんにょ》がハマるでしょう。

――私だって、あの日サテライトアクアから帰ったあと楽曲データ買っちゃったし。

て、それは今はいいとして。

「今回の報酬として、サテライトアクア併設の特別会員制ホテルへの宿泊券が手当として全員に送られることになっております」

「えっ。そこって最新のエステとかサロンがあるって噂《うわさ》の?」

「左様でございます、エリー様」

夢みたい!

あ、違う違う。今のはナシ。しまった。モノで釣られてしまった。

「エリー、今さ、夢みたいって顔しなかった?」

「あ、あはは。アンジェ、そんなことないってば。さ、仕事仕事」

しょ、しょうがないんだ。

アヴァンチュールのリーダーであるマイケルが請け負った仕事なんだから、やむにやまれず従うしかない。

だって私はアヴァンチュールのメンバーなんですもの。

最新のエステやサロンが理由ではないの。まったくもって。

私はわざわざ不服そうにため息を吐《つ》きながら、アヴァンチュールの腕章がついたジャケットを脱ぎ捨て、ブラトップの上から黒いTシャツに袖を通した。

私が割り振られたのはステージや客席側ではなく、シエルが通るであろう出演者用楽屋前通路だった。

そんなところまで押しかけるようなヤバイ人はいないと思いたい。

けど、それ以外にも心配なことがあった。

シエルと顔を合わせたら、どうしよう？

先日のプールでの事を謝るべきだろうか？

彼女は私の事を、どんな風に感じただろう。

ひとりでこじらせて溺れた奴《やつ》——とまでは思っていないだろうけど、さすがに良《い》い印象では無いだろうな……。

カナタと一緒に泳ぎの練習をするしないの話題になった時、明らかに感じ悪い言い方をしてしまったし。そのあと、ロクに話もできなかったから。

やっぱり、謝った方がいいよね。

そういった意味で、一応の覚悟をしてライブに臨んだ私だったけれど、いざライブが始まるとステージ裏は一分一秒を争う様々な罵声や怒声が飛び交う壮絶な現場で、裏方スタッフたちの熱量に応えようとするシエルが慌ただしく駆け抜けていく背中を、ただじいっと見ているだけが、私にできることだった。

会話どころか、目を合わせる余裕もなかった。

無事に1日2回の公演が終われば、あとは自由時間だった。

アンジェとふたりでプール遊びする気にもなれず、私たちは受け取った宿泊チケットを持ってホテルにチェックインした。

あてがわれた部屋はアンジェとふたり用で、ベッドもふたつ。

大きな窓からはサテライトアクアのプールエリアが一望できた。

このあいだカナタたちと一緒に遊んでいた時はなんて広いプールなんだろうと感激したものだけど、ホテルの窓からはとても小さく見えた。

私はTシャツを脱ぎ捨てると共にベッドへダイブした。

家のベッドとは違う、肌触りの良《い》いシーツが冷たくて心地《ここち》よい。

ごろんと大の字になって天井を見上げていると急に眠気が襲ってきた。プールで遊ぶのとは違う、ただ立っているだけの仕事の疲れは思ったよりも堪《こた》えたらしい。

私はどんどん重たくなるまぶたに抗《あらが》えなかった。

「ごめんアンジェ、私ちょっと寝る」

「いいよ、じゃあ私も少し横になってメンテナンスしておく」

「うん。鍵お願い」

「ここはオートロックだから平気」

「ん……」

横になった私の鼻先に、垂れ下がった自分の髪がかかる。

むず痒《がゆ》くて鬱陶しいけど、払いのけるのもかったるい。

寝返りを打ってどうにかしようと思ったら、アンジェが優しく髪をかき上げてくれて助かった。

「エリー、おやすみ」


コンコンコンコンと乾いた音で目を覚ました私は、まず時計を見た。すっかり夜だ。明かりをつけないままの室内は薄暗い。

夜はアヴァンチュールで宴会がどうの言っていた気がする。

着替えなくちゃ。と重たい腰をあげようとすると、もう一度扉をノックする音が聞こえた。

「はい。えーっと」

ドアの外を映し出すセキュリティモニターを確認した。

「なんで……？」

画面の人影に驚きながら扉の解錠ボタンを押し、「どうぞ」とひと声かけると、すぐにキィと扉が開いた。

廊下の明かりが、室内に漏れてくるのと一緒に声がした。

「こんばんは」

きれいな声だ。

扉の隙間に、透き通ったふたつの黄緑色の瞳が浮かんでいた。

「シエル……？」

「部屋、ここだってきいて」

一番想像していなかったお客さんだった。

「な、なんの用？」

「今日のお礼。っていうのは言い訳でエリーと話がしたくて」

「わ、私と？」

有名人が来た。急に汗が出た。

「わ、わ、私お風呂もまだで、着替えもしてなくて。ていうか今さっきまで寝てて」

「いきなり押しかけてごめんなさい。それから、ありがとう。警備の仕事、大変よね。ご苦労様です」

「いや、私なんかよりシエルの方が大変だったでしょ」

そんなことない、とでも言うようにシエルは首を横に振った。

「ラウンジで話さない？　このあとは、落ち着いて話すのは難しそうだから」

断るわけにもいかず「ちょっと待ってて」と返して、急いで身支度を整える。

お気に入りのジャケットはハンガーにかけてクロゼットにしまわれていた。寝ている間に、アンジェが整えてくれたのだろう。

横になったアンジェに「ありがとう」と小声で言った。

部屋を出た私は、シエルの後ろをついていきそのままエレベータに揺られて、上階に向かったのだった。

そこはＶＩＰ向けエリアらしく、専用のカードキーを通すことで開く扉の先に、落ち着いた音楽が流れるバーラウンジがあった。

「ご注文は、いかがなさいますか？」

蝶《ちょう》ネクタイ姿のメイガスがオーダーを取りに来た。

「え、っと……」

メニュー表が無い上に、値段もわからないお店ではおいそれと注文できないな、と私が固まっていると、

「頼めばなんでも作ってくれるわ。私はハニーティー。ちょっとでも喉の調子が良くなればと思って」

「メイガスでも歌うと喉が痛むの？」

「そういうわけではないんだけど、気持ちの問題ね」

「気持ち、か……」

「メイガスらしくないこと言ったかも」

「あ、いや、そういうつもりじゃなくて」

くすくすと笑うシエルは、それだけで絵になる。

これがオーラって奴《やつ》なのだろうか。

とりあえず、注文しなくちゃ。

「私も、同じのください」

「かしこまりました」

丁寧かつ穏やかな声のメイガスは、ゆったり音もなくカウンターでドリンクサーバーを起動した。

目の前に置かれたハニーティーをひと口すると、クセの強い甘みが喉に残って、あんまり好きにはなれそうになかった。

カップを抱えたきり、一点を見つめるシエルの様子が不思議で、私から声をかけた。

「で……私に話ってなに？」

「カナタのこと」

「いきなりだね」

少し前の私だったら、一番遠ざけたかった話だとあたふたしていたと思う。けれど、今の私には受け止める余裕がある。

なんとなくやり過ごすことはやめたんだ。

「私に相談とかされても、言えることはないよ？」

「違うの。このあいだは邪魔をしちゃってごめんなさい。その結果、エリーが溺れるはめになったって聞いて、迂闊《うかつ》だったと思ってる」

「別に、そんなのシエルのせいじゃないし」

「白状するね。本当は、カナタに私を見てほしかった。だから、あんな風に近寄ったの」

「それ、私に謝ること？」

「だって、あなたはカナタの特別だから」

「違うよ。それは誤解だって。幼馴染《おさななじみ》だけどさ、私たちそういう関係じゃないし、……まだ」

　これはちょっと、挑発的過ぎただろうか。

「…………」

　黙ってしまったシエルの反応が読めない。

「な、なんで黙るの？」

「私はね、エリー。いつか素敵なマスターと巡り合うのが、私の夢なの」

　そうだった。

　シエルにはマスターがいないんだっけ。

「カナタじゃダメってこと？」

「ううん、そんなことない！　むしろ、そうだったらどんなに……」

シエルはハニーティーを一口すすった。

飲み込んだ言葉の続きを待ってみたけど、出てこなかった。

「あったかい」

シエルはティーカップの揺れる水面《みなも》を見つめながら言った。

「私が欲しいのは、居場所。存在する意味なのよ」

シエルの瞳が急に薄暗くなった気がしたのは、うつむいてシーリングライトの光が入りにくくなったからだと思いたい。

それくらい、シエルの声は歌っているときのそれとは違った。

「……カナタは、それをくれる人なの」

「シエル……」

んー、なんだか遠回しな言い方だったけど……要するに、カナタが大好きだって宣言しにきたってことかと理解した。

「わかった、シエル。でもね、私だってカナタが好きだし。だからお互い遠慮とかはナシ。それでよくない？」

シエルは肯定とも否定ともつかない、絶妙な微笑《ほほえ》みで私を見る。

「やっぱり、エリーもカナタが好きなのね」

「ふぇっ⁉」

「エリーの事、知れて良かった。カナタの大切な幼馴染《おさななじみ》だから、仲良くしておきたくて」

「カ、カ……カマかけた⁉」

「ねえ、お話しましょ？　カナタのことについて一緒に語り合える相手がほしかったの」

遠慮はナシとは言ったけど、いきなり邪気が無さすぎる……！

でも、シエルと手を組めばカナタの事をもっと知れるってこと？

いやいや、自分で訊《き》くって決めたじゃないの。

「は、話すって……なにをかしら？」

腕を組んで顔をそむけてみるが、抗《あらが》いがたい誘惑に耳がぴくぴくしてしまう。

「カナタって、どんな衣装が好きだと思う？」

「それ私が知りたいよ～！」

思わず体がぐにゃんと折れるほどの本音が出た。

シエルもそういう所を気にするんだと思うと、親近感を覚えて一気に距離が縮まった気がした。

ああでもないこうでもないと話すうちに、カナタの良《い》いところ、ヤキモキさせられるところなどなど、話題は尽きなかった。

「あ、もうこんな時間。ごめんなさい、打ち上げの準備があるから私はそろそろ」

「えー、もっと語ろうよ」

「ごめん！」

すっかり戦友みたいな気持ちになって、シエルとの時間が名残惜《なごり》しくなっていた私は食い下がった。けれど、シエルにも都合はある。

最後は大人《おとな》しく引き下がった。

「またね」

シエルは瞳から星が飛び出るようなウインクをかましたかと思うと、すらっとした良い姿勢で足早に去っていった。

部屋に戻ると、身支度を整えたアンジェが私を待ってくれていた。

「おかえり。どこ行ってたの？」

「ん、ちょっと」

「あやしー」

「ちょっとシエルと会ってたの」

「なんで？　エリーが？」

「なんでだろうね」

ふっと笑うと、アンジェは色々と悟ってくれたようだった。

「悪い時間じゃなかったみたいね」

「まあね」

ただ、ちょっとだけ引っ掛かることもあった。シエルが一瞬だけ見せた暗い表情には、どんな意味があったんだろう。

「とにかくこれから打ち上げでしょ？　着替えておいでエリー」

「打ち上げ？」

「ライブの。あれ、エリー聞いてなかったっけ？」

「思い出した、今」

じゃあ、このあとまたシエルと会うってことか。

もしかして話の続きができたりして。

いや待て、アヴァンチュールの面々がいる前でカナタの話で盛り上がるなんてことしたら、コフィンに相合《あいあ》い傘《がさ》でも描かれかねない。

さっきまでの話は私とシエルだけのもので、他の人には分けてあげない。シエルだって、きっとそうすると思うから。


そして、宴会は始まったわけだけど……。

おかしい。

なぜ私は今、汗まみれの手でマイクを握っているのだろう。

ライブの打ち上げは盛大で、ホテルの広くて天井の高い宴会場を貸し切りにして行われている。

もちろん、参加費なんて取られない。

シエルのプロデューサーであるトキオの大盤振る舞いだそうだ。

マイケルはトキオからの施しに苦々しい顔をしながらも、視界にシエルが入るやいなや「お誘いありがとうございます」などとのたまう始末だった。

そこまではまあ正直どうでもいい。

私は今、宴会場のステージの上でマイクを握っているのだ。

「ひゅーひゅー！　エリー！　一発かましちゃってー！」

アンジェが楽しそうに拳を振り上げて回している。

宴会の余興として、カラオケが始まった。

そして自分の番が来た。

ロックタウンの場末のカラオケの感覚で無難な流行歌をチョイスしたのだが……歌のプロが居並ぶこの空間で、私、歌うの？

酔っ払ってノリで歌いきれる仲間たちが羨ましい。

こっちはシラフなんだよ、くそう。

気づけばイントロが流れ始め、歌い出しでいきなりつまずいた。

やばっ、背中が汗でびっしょりになった。

とにかく音を外さないように丁寧にと、メロディを紡いでいく。

宴会場の音響設備がプロ仕様なのかなんなのか、妙に歌っていて気持ちがいい。出だしは緊張したけれど、始まってしまうと案外自分の世界に入ってしまえるものだ。

なにより、大きな空間で歌を響かせるって、

――めちゃくちゃ気持ちイイ！

私の歌にノッてくれて手拍子をしてくれたアンジェから、自然と手拍子の輪が広がっていくのも、その気持ちを膨らませてくれた。

これはもしかしたら、ドリフターの仕事とおなじくらい病みつきになるタイプの仕事かも。

なんてことを考えていたら、あっと言う間に私の歌は終わってしまった。

私、案外歌えんじゃん。

誰かに褒められたわけではないけどね。

「ありがとうございました～」

なんて気取って、満足げにステージから降りると、

「エリー、お前のその大胆さには恐れ入った」

「そ、そう？　まあ、私もそこまで悪くはないかなって思って」

「イイ仕事があるんだが……」

トキオの目の奥がギラついた。

絶対の絶対にイイ仕事ではないと断言できる。

「エリー、お前明日のステージに立て」

ははは、こいつなに言ってんだろう。それはさすがに……。

「おい、聞いてるか？　俺はマジで言ってんだからよ」

「は？」

ステージに立て？　なに言ってんの？

「コーラス隊に欠員が出てよ、シエルはエリーならＯＫだそうだ。さっきのステージはオーディション代わりって所だな！」

「無理！　絶対ヤだ！」

シエルと同じステージに立って歌う？

このどこの馬の骨ともしれないズブの素人《しろうと》の私が？

無い無い無い無い、あり得ない！

「衣装はかわいいぞ、メイクも完璧。プロの仕事だ。保証する」

そんなことで揺らぐもんですか！

トキオはなにかを横目で見てから、ズボンの後ろのポケットに手を突っ込んでなにかを取り出した。

「シエルのサイン入り限定生動画データだ。世界にふたつと無いデータだよ」

「そんなのいら――」

「よーし、許可する！　エリー、貴様、明日はオフで良し！」

「バッ……マイケル、勝手な事言わないでよ！」

トキオが勝ち誇ったような顔をしていた。

やられた！

マイケルを押さえられたら、こっちは逆らえない……！

「エリー！　受け取った報酬はアヴァンチュール内に共有するように！　以上だ！　わかったな！」

マイケルの頭をはたいておかないと気がすまない。

一度と言わず二度三度だ。

「もー！　バカバカバカバカ！」

その夜、一睡もできなかったのは言うまでもない。

まあ、ほんのちょっとだけ楽しみでもあったことは認めますけど。

昨日は警備の一員として眺めるだけだった楽屋に、今日は出演する側の人間として入るのは不思議な感覚だった。

「コーラスだけなのにメイクもするんですね」

　手早くメイクを施してくれるメイクさんに話しかけると「シエルの舞台にあがる以上、映《ば》えないと」と言って笑った。

　急に責任を背負ってしまった気がして、乾いた笑いしか返せなかった。

「はい、できあがり」

　鏡に映った私は、私じゃないみたいだった。

　プロの手に掛かると、こんな風に変わるんだ。

　あとで手順を聞いておこう。あとコスメのことも。

　コーラス隊に集合がかかって、私はステージの袖に移動した。

　いよいよあのステージに立つのか。

　開演まであと数分に迫り、だんだん裏方の人たちに緊張感が漂っていくのが伝わってくる。

　そんなギリギリのタイミングで、事件は起きた。

「トキオさん！　シエルがいません！」

　真《ま》っ青《さお》な顔をしたスタッフが駆け込んできたのだ。

　たくさんの人たちが飛び出してサテライトアクア中を探して回ったけれど、シエルは捕まらなかったらしい。

　開演まであと3分を切った。

　さすがのトキオも頭を抱えている。

「どうするの、トキオ。やっぱり中止？」

「んなことしたら批難ごうごうだ。ステージはやる」

「でもシエルがいないんでしょ？」

　トキオはムムムと唸《うな》っている。

「エリー、お前、シエルの曲は聴いたことあるよな？」

「あ、あるけど……」

　楽曲データを買って以降、ヘビロテしてるし。

　なんならこのステージに向けて昨日からずっと聴いてるし。

「それがなによ」

「出ろ」

「は？」

「お前がシエルの代わりになるんだよ！」

「ば、ば……バカじゃないの!?　そんなの無理に決まってる！」

「俺に考えがある」

それだけ言うと、私の許可もとらずにスタッフをかき集めて作戦会議を始めた。

嘘《うそ》だよね……？

冗談だよね……？

ねえ、なにか言ってよトキオさん……？


おかしい。

なぜ私は今、汗まみれの手でマイクを握っているのだろう。

あれ？　なんかこんなこと前にもあった気がするぞ。

でも、緊張の規模が違いすぎる。

私はあのシエルの代わりに、サテライトアクアの大ステージに立とうとしているのだから。

とにかくマイク持って立ってろ。そして曲が流れたら歌え。

それだけをトキオに指示されて、私はそこに立った。

「おまたせしましたぁ！　おまたせしすぎたかもしれません！」

いよいよトキオのマイクパフォーマンスが始まった。

例によって観客のボルテージが上がっていく。

それは地響きのようだった。こんな風に聞こえるんだな。

「今日はシエルのステージの前に、特別なオープニングアクトをご用意しました！」

おぉぉー？　と観客がどよめく声が聞こえる。

そうきたか。と、他人事《ひとごと》のように感心……している場合ではない。

「ロックタウンから来たもうひとりの刺客《しかく》！　恋に恋する乙女《おとめ》がシエルに挑戦状を叩《たた》きつけた！」

ちょ、は？　なに言ってんの？　それ私のこと!?

「今日ここに立ち会えたお客さんは伝説を目撃するでしょう。こんな夜はもう、二度と無い！　シエルが認めたそのアイドルの名は」

カッとステージにまばゆいライトが当てられたのがわかった。

「エリー！！！！」

わあああ！　と歓声が聞こえた。

って、なんで？　私のこと誰も知らないでしょ？

テンションが振り切れた観客はなんでもいいのね!?

困惑する私の後ろから「いきまーす」と合図が聞こえた。

ごうん、とステージがせり上がっていく。

スポットライトの中はまぶしくて、客席は見えない。

これなら案外緊張しないかも。

いややっぱ嘘《うそ》。

口から心臓が飛び出るかもしれない！

「ミュージック、スタァート！」

トキオの合図でイントロが鳴り出し、ステージ演出が始まった。

ライトが目まぐるしく動き周り、客席ではサイリウムが星の渦みたいに輝いている。

やばい。これはゾクゾクするなんてもんじゃない。

私が小さな宇宙の中心になったみたいだ。

イントロは続き、Ａメロに差し掛かろうとしている。

私の視界にだけ入るよう設定されたプロンプターには、歌詞が表示されていた。

曲目は「Ｙｏｕ＆（Ａ）Ｉ」。シエルのデビュー曲だ。

もう焼けくそだ！　当たって砕けるしかない！

流れる歌詞を追いながら、とにかくマイクに叩きつける。

実は、ちゃんと歌詞を読んだのは初めてだった。

聴くことと、目で読むことには大きな違いがあった。

その言葉の数々に込められた意味が、想《おも》いが、口にするたび私の中へと入ってくる。

「馬鹿みたい」「合理的じゃない」「私が私じゃない」そんな自分を否定するような言葉が続く。

恐れているんだ。この歌の主人公は。

自分が自分でなくなってしまうくらいに、誰かを好きになってしまうことを。

なんて苦しい恋の歌だったんだろう。

——なぞるように触れた鍵の在処《ありか》を　運命なんてのがあるなら君なら良かったな
続く歌詞を声にしながら、昨日バーラウンジで見たシエルの横顔が思い浮かんだ。

シエルはこの歌を歌いながら、なにを思っているんだろう。

——太陽が沈まぬように　遠く　連れ去って
シエルも待っているのかな、愛《いと》しい人が迎えにきてくれること。

素敵なマスターと巡りあうことが夢だって言ってた。

わかるよ、その気持ち。

だとしたら、シエルもやっぱりカナタのことが好きなんだね、自分がわからなくなってしまうくらいに。

なんだか急に切なくなって、歌声まで震えてしまった。

すると「ワァッ！」という歓声が突然あがった。

なにが起きたかわからず、観衆の目線の先を追った。

「でぇ!?」

スピーカーを通して、私のあられもない驚きの声が響く。

そこには、マイクを持ったシエルが立っていた。

続きは一緒に歌いましょ、なんて風にウインクまでして……。

ま、まさかのご本人登場……？

き、汚いぞトキオ。素人《しろうと》をだしにした演出を考えたな！

でも、ある意味では救われたのかもしれない。

あのまま歌詞を読みながら歌っていたら、私は泣いてしまっていたかもしれないから。


ステージが終わったあと、私は魂がどこかへと飛んでいってしまったらしく、控室で椅子にもたれて放心状態だった。

「エリー！」

すべてを弾《はじ》き飛《と》ばすような勢いで開かれたドアから、アンジェが飛び出してきた。

「どういうこと？　もうサイッコーだったよ！」

「はは。ありがと」

汗でドロドロになったメイクをものともせず、アンジェは私を抱き寄せてくれた。

「シエルに負けないくらい歌姫だったよ！　私の歌姫はエリーだよ」

そこまで言われると、なんだかくすぐったいけど。

「言い過ぎだよ、正直格が違ったもん」

「もー、謙遜しちゃってえ」

違う違う。同じ舞台に立ったからこそ思うの。

体験したことの無い視線を浴びる中、失敗しないように間違えないように振る舞ううちにステージは終わった。

シエルは違う。

たった3分程度で観客に感動という爪痕を残した。

その時間に懸けているモノが違うと感じたのだ。

彼女が本気で歌に向き合っているってこと、身をもって知れた。

けれど、だからこそ……少しの間とはいえステージを放り出したシエルになにが起きたのか、私は知りたかった。

「エリー」

ちょうどそこへ、関係者に謝罪して回っていたであろうシエルが控室に戻ってきた。

憔悴《しょうすい》しているようにも見えた。

「シエル……」

「ごめんなさい」

「今日はちょっと許せないかも」

「そうよね、本当にごめんなさい」

「なにがあったのか教えてくれる？」

「……………」

シエルの半開きのままの口から、言葉はなにも出なかった。

彼女の薄い黄緑色の瞳に影が差した。

まただ。今度は見間違いなんかではないだろう。

彼女はなにかを隠している。

人に言えない、なにかを。

女の直感というやつだ。たぶんきっと、当たってる。

アンジェもメイガスとして感じるものがあったのかもしれない。

ただ黙って、シエルが再び口を開くのを待っていた。

「どうしても、喉の調子が良くなくて」

明らかな嘘《うそ》だと思った。

でも、それ以上追及しないでというシエルの訴えだと受け取った私は、彼女の望み通りに振る舞おうと思って言った。

「気持ちの問題じゃない？」

シエルはまるで泣いているような顔で笑った。

怒涛《どとう》の2日間を終えて、私はロックタウンに帰ってきた。

マイケルに呼び出されてアジトに向かった私は、トキオから受け取ったシエルの限定生動画のデータを渡した。

「もう二度とやんないからね！」

強く強く、念を押しておく。

「それからコフィン用の最新パーツ、ちょうだいよ」

データの入った端末に頬《ほお》ずりするマイケルは、オッケーオッケーと適当な相槌《あいづち》を打っていた。

奥に控えたボブに「じー……」と無言の圧力をかけると、しっかりとうなずいてくれたので良しとする。

「あ、あのー」

そこへ、思いもよらぬ人が入ってきた。

「カナタ!?」

「あ、エリーも呼ばれてたの？」

「私は色々あってちょっと……マイケル、あんたが呼んだの？」

「実は意見をもらいたくてな」

マイケルは、ＡＲデータを取り出した。

いったいなんだろう？

と、思ったのもつかの間、アジトの壁面に向けてプロジェクターから光が照射され、ARデータの映像がミラーリングされた。

『今日ここに立ち会えたお客さんは伝説を目撃するでしょう。こんな夜はもう、二度と無い！　シエルが認めたそのアイドルの名は』

電撃が体を貫いたような気がした。

こ、この映像は⁉

「トキオにできて私にできないことはあるまい。アヴァンチュールでもアイドルのプロデュースをしてみるのはアリかもしれないと思ってな、エリーの晴れ舞台についてカナタの意見を……」

「よ、余計なことすなーっ！」

「エリーの晴れ舞台？」

「違う、違うの！　これは違うの！　魔が差しただけなの！　カナタ、お願いだから見ないでー！」

なんだか妙になってしまった言い訳と同時にプロジェクターの電源コードを引っこ抜いた。

「はあはぁはぁ……」

「今のなに？　サテライトアクア？　エリーがいなかった？」

「忘れて。今見たものをすべて忘れなさい、カナタ！」

「は、はひ！」

きっと恐ろしい顔をしていたんだろう。

カナタはそれ以上なにも言わなかった。

マイケルには3日は立てなくなる程度の関節技を極《き》めて、ＡＲデータを確実に回収した。

だってこれは、私だけの永久保存版だからね。

帰ってこっそりアンジェと一緒に見ようっと。

＃10　抱えるものと背負うもの

「うーだるぅい……さむいぃ……食欲なぁい……」

室内のコンディションは快適指数高めの設定なはずなのに、まったくもって状況は最悪だった。

鼻が詰まって味がしないので食べかけの食事にはいっさいの未練なく、フォークを置いて、私はベッドに横になる。

「だいじょうぶ、エリー？　とりあえず脱水状態にはならないように水分は摂取しなさい」

「うん」

アンジェが用意してくれたドリンクはストローが刺さっていて、寝転びながらでも飲みやすかった。

「解熱用のシール貼るからおでこ触るわよ。ん……39・8度？　これじゃキツイわよね」

アンジェが私の額に手のひらをあてて体温を測り、解熱効果を体内に浸透させるシールを貼ってくれた。

「どう？　熱だけ下げるのは免疫的にはよくないんだけど、ラクにはなると思う」

熱を放ちつづけた体の芯が、急速に冷えていく感じがした。

「うん。ちょっとラクになった」

「疲れが溜《た》まってたのよね。ごめんね、気づけなくて」

ここしばらく私の身の回りに起きたことを思い返してみれば、休むまもなくコフィンに乗って結晶拾いに行ってみたり、無茶目《むちゃめ》なダイエットに励んでみたり、プールで溺れてみたり、挙句の果てにアイドルのマネごとをして大観衆の前でステージに立ってみたり……自分で言うのもなんだけど、濃くて慌ただしい日々だった。

でも、なにひとつ後悔はしていないし、その時その時で一生懸命だったんだ。それに、楽しくないことなんてひとつもなかった。

「アンジェのせいじゃないよ」

「マスターの健康管理はメイガスの役目なんだけどな」

タオルケットに身をくるんで膝を抱くような格好で横になる。

熱は下がっても悪寒は消えてくれなくて、汗が乾いたパジャマのザラザラした感じが気持ち悪かった。それに背中や腕、太ももや膝、筋肉と骨が悲鳴をあげるようにギシギシンジン痛んで、自分の体じゃないみたい。単なる疲れから来る発熱だとしても、この世の終わりみたいにしんどい。

だけど、心配させてばかりでは申し訳ない。

「ちょっと休めば大丈夫だから」

アヴァンチュールのみんなにも迷惑かけられないし。

なにより私自身、早く復帰して仕事もしたい。

「エリーはがんばりすぎるから心配なのよ。とりあえず特効薬、用意しといたから」

「特効薬？」

「こんにちは～」

扉から、ヒョコッと顔がふたつ現れた。

「エリー、大丈夫？」

「エリー、大丈夫ですか？」

ほとんどハモるようなタイミングで、ふたつの顔が私に喋《しゃべ》りかけてきた。カナタとノワールだった。

「聞いたよ。熱出しちゃったって、とりあえず栄養があるものが必要でしょ、買ってきたよ。色々と」

カナタは袋に入ったものをドサドサとテーブルに広げていく。

「わざわざありがとうね、カナタ。私これしまっとくからエリーのそばについておいてあげてくれる？」

ちょっと待ちなさいよ、特効薬ってまさかカナタってこと？

やつれた顔をカナタに見られたくなくて、すぐさまタオルケットで顔の下半分を覆った。

心臓がドキドキするのは、発熱から来る動悸《どうき》でしょうか。いや、違うよね。カナタがいるからだ。

これが病人に対する仕打ちか〜！　と思うけど、カナタが私を心配してくれて、お見舞いにまで来てくれたのは素直に嬉《うれ》しかった。

アンジェは立ち上がって、カナタが買ってきてくれたものをパントリーに並べていく。

「ノワール、ちょっと手伝ってくれる？」

「はい」

ノワールがアンジェに呼ばれると、それを合図にカナタはベッドのそばまで来てくれた。

「熱、どのくらいなの？」

「今は下がったと思うから、心配いらないよ」

「本当に？　遠慮しないでよエリー、しんどい時はしんどいって言ってくれた方がいいんだから」

「うん……」

重たい体に、カナタの言葉が染み込んでいく。

優しいなあ、カナタは。

「体調崩すとつらいよね、前に俺が倒れた時なんかトキオさんひとりで飲みに行っちゃうんだよ。ひどいよね、あの人」

「ははっ。そうなったら、今度は私がお見舞い行くね」

「それは嬉しいな。って、寝込まないのが一番なんだけど」

「ふふっ。たしかに」

気ままな会話が楽しい。

体のダルさのおかげというのも変だけれど、妙に肩ひじ張らずにカナタと向き合えている気がする。

「わざわざ来てくれてありがとう。忙しかったんじゃないの？」

「ううん。ちょうど外から帰ってきた所だった。マイケルさんからエリーのこと聞いてさ、気になっちゃってアンジェに連絡したんだ」

あれ？　アンジェが呼んだんじゃなかったんだ。

てことは、カナタがわざわざ？

出掛けて帰ってきたばかりなのに、優しいなあ。

「今日はどこまで行ってたの？」

「どこってわけじゃないんだ。練習っていうか」

「練習？」

「メイガススキルの」

「ああ……」

カナタのメイガスであるノワールはゼロ型とも呼ばれていて、彼らにはメイガススキルという特別な力がある。仕組みはちょっとわからないけど、とにかくコフィンを通して魔法のような現象を引き起こす力だ。

だけどノワールはゼロ型のはずなのにメイガススキルを使えない。

カナタはそれを自分の力不足のせいだと思っている。

なんとかしようとカナタが努力していることは、ロックタウンのドリフターならみんな知っているはずだ。

「どうだった？　使えた？」

カナタの表情は浮いたものではなかったので、答えを待つまでもなかった。

「やっぱ俺ってまだまだなんだよな～。今の俺があるのはノワールのおかげだってわかってるんだ。ドリフターになる前は、正直みんなと差は無いって思ってた。だけどなってわかったんだ。エリーの背中だってずっと遠い。本当にまだまだだ」

カナタは真剣な目だった。

「そんなことない」

思わず、つぶやいてしまった。

カナタにも聞こえていたようで「え？」って顔をした。

ごめん。カナタの考えてることを否定したいわけじゃないよ。

今のカナタなら、アヴァンチュールにだって入れるし、活躍するだろうなと思うの。でもそのまま伝えても、カナタがそう思ってないなら響かないかもしれない。なんて言えば伝わるだろう。

気休めを言いたいわけじゃないの。

熱でぼんやりする頭ではうまく考えられなかった。

「カナタにしかできないことがあるよ」

「俺にしかできないこと、か……」

ピンとこないようだった。でも、そりゃそうだよね。

自分では、自分の良さに気づけない……本人にとっては当たり前なことだから。そういうことなのかもしれない。

ならカナタには良《い》いところがいっぱいある。

それを伝えればいいのかな。

「ロックタウンでカナタよりコフィンのことを考えてる人はいないし、お姉ちゃんは実は結構カナタのこと褒めてるし、ノワールが来るずっと前からシミュレータで練習してるのだって知ってるし、あのテキトーなトキオが一番信頼してるのもカナタだし、変なお土産《みやげ》買ってくるけどトレーダーズネストで掘り出し物を見つけるのはいっつもカナタだし、なんだかんだ言って整理整頓してて綺麗《きれい》好《ず》きだし、最近ちょっと背も伸びたし、なんだかんだで優しいし、ひとりで洗濯もできるし」

あれ、私なに言ってんだろ。最後に至っては意味不明だ。いきなり浴びせられたカナタは目がまんまるで固まってるし。

「と、とにかく！　カナタは今までもこれからもカッコいいの！」

「あ、え……カッコ……え？」

「あ……その、努力家なところが尊敬できるって意味で、ね……？」

「そ、そっか……どうもありがとうございます」

「な、なんでかしこまってんのよ」

「いやその……」

「……」

「……」

なんだろうこの空気。

とてつもなく気まずい。

カナタは「あー」だの「んー」だの言いながら、腕を組んだり腰に手を当てたりして次の言葉を探しているみたいだ。

私はといえば、熱がぶり返してきたのか体中が熱い。特に、顔のあたりが耳まで熱い。

「うー……」

なんだか、握ってくださいと差し出したような格好で……。

もぞもぞすると、タオルケットがずれて右手だけがあらわになってしまった。

赤くなった顔を見られるのが恥ずかしくて、咄嗟《とっさ》に寝返りのふりして体勢を変えようと
近い、顔近い！　余計に熱出る！

「大丈夫？」

「エリー……」

それに気づいたカナタが、私に向かって手を伸ばしてきた。

え、やだちょっとカナタ、どうしたの大胆じゃん!?

急に緊張してきて、私はギュっと目をつむる。

右手に全神経を集中させながら。

やや間があいたあと、カナタはタオルケットの乱れを整えて、私の右手までを覆い直してくれた。

なんだそっちかー。

期待してしまった自分がちょっぴり恥ずかしい。

「がんばるよ、俺。エリーはしっかり休んで、はやく元気になってね」

私は「ありがとう」とだけ答えて眠るフリをした。

いつまでも引き止めるわけにもいかないし。

カナタのジャケットから香ってくるオイルの匂いがいい感じにうっすらと部屋に充満してきて、まるでカナタに包まれているような気になったから私はもう充分だ。

そしたらだんだん本当に眠くなってきて、気づいたら私はすとんと眠りに落ちてしまった。

少しもったいない事をした気にはなったけど、次に目を覚ました時にはすっかり私の体は快復していた。

ねえアンジェ、特効薬って本当だよ。


次の日、病み上がりの体はちょっと重たかったけど、アヴァンチュールの仕事に何日も穴をあけるのはイヤだったのでコフィンに乗って結晶拾いを頑張った。

だけど結果は散々で、みんなの足を引っ張ってしまった。

体調不良だったことを知っているみんなはフォローしてくれたけど、不甲斐《ふがい》ない自分が情けなかった。

市場に掲示される成績表を見ると、カナタはしっかりと好成績を残していた。

「おお、カナタの奴《やつ》なかなかやるな。他のドリフターとの差がどんどん縮まってるんじゃねえか？」

見物人の誰かがそんな事を言っていた。

胸のあたりがチクッとした――なんでだろう？

「エリー、カナタにこの間のお礼をしといたら？」

「あ、そうだった」

アンジェに言われて慌ててカナタのそばに寄り、肩をちょいちょいとつついてから声をかけた。

「こないだ、お見舞いありがと」

「そんなの気にしないでよ。元気になって良かったよ」

カナタはなんでもないという風に笑って、ママから報酬を受け取ると、そのままトキオに連れられて行ってしまった。

お礼は言えた。

けれど、なんだか得体のしれないモヤモヤは消えてくれなかった。

家に帰りついた私は汗を流すべくシャワーを浴びて、リラックス効果があるお香を焚《た》き、ふんわりとした着心地《きごこち》のよいルームウェアに着替えて柔軟体操に励んだ。

「むふ〜〜……んっ！」

うつぶせの状態から、床につけた手のひらを押して両腕を伸ばし、背中を反らすようにぐぐぐっっと伸びる。痛気持ちいいくらいがちょうどいい。寝続けて凝り固まった体に染みる！

するとベッドの上に置いたままにしていた端末が鳴った。

ピルルルと甲高い音は呼び出しのサインだ。

「アンジェ～、誰から？」

「カナタ」

「へぇ!?」

不意に力んでしまって、腰のあたりの骨がグキッと鳴った。

「いったぁ～……！　なにもうこれから寝るって時に、いきなりなんだからさあカナタったら」

手ぐしで乱れた髪を整えてると、見透かしたアンジェが私の腰のあたりをさすりながら言った。

「とか言って嬉《うれ》しいくせに～。なんの御用かしらねえ。こんな時間から呼び出しだったらどうする？　良かったわね、シャワー浴びといて。下着も新しいやつでしょ？」

「そ、そうね。今日は時間もあったしいろんなケアもバッチリ……ってなんですぐそういう話になるのよ！」

いったいなんの用事だろうか。カナタから連絡なんて滅多《めった》にないことだから、いろんな想像をしてしまう。

「この間のお礼ってことで、デートに誘ってみたら？」

「すぐそういうこと言う！」

でも、そういう誘い方もあるのか……。

両腕を抱えたり頭を抱えたりする私を見て、アンジェはおもちゃみたいだと笑っていた。

とにかく第一声はつとめて冷静に出そう。

心配して連絡してくれたのかもしれないし。

「ん、んんッ！」と咳払《せきばら》いして喉を開かせる。

その間も、通信端末は受話状態への切り替えを待ち続けていた。

「ねえ出なくていいの？」

「今出るよ。あ、待ってメイク落としちゃった」

「こっちは音声だけにすれば？」

「それもそうか」

端末に指を伸ばしたその時、ピ――と、半端な音で呼び出しが途絶えた。

着信履歴としてカナタの名前が表示され、通話待機状態は解除されていた。

「はぅあ!?」

き、切れてしまった……？

あれ？　やらかした？　これって私、無視しちゃった？

「もー、ジタバタしてるから」

「だってさ～」

ピルルル。

ふたたび端末が鳴り出した。

間髪《かんはつ》入れずに掛かってくるということは、なにか大事な用事なのかもしれないと思った私は、今度こそ待たせちゃいけないと脇目も振らずにソッコーで受話に切り替えた。

「カナタ？　ごめんさっきはちょっと手が空いてなくて、無視したわけじゃないんだよ。ごめんね、どうしたの？」

とにかく謝って、話を促す。

「ん？　なにを言ってるんだ？　さっきとはなんだ？」

「え？　誰？」

カナタの声じゃない。じゃあ誰だ？

「誰とはなんだ、私だ」

そこでようやく気がついた。

我らがアヴァンチュールのリーダーの声だってことに。

「なんだ、マイケルか～」

ほっとして肩から力が抜けると共に、限りないがっかり感が意図せず言葉に滲《にじ》み出《で》てしまった。

　別にマイケルが悪いわけでは無いんだけど、絶妙なタイミングで掛かってきちゃったもんだからさ。

「失礼な、なんだとはなんだ？」

「ごめん。で、用事はなに？　仕事？」

　正直、病み上がりの体に急な出動は勘弁願いたい。

　仕事だとしたら、申し訳ないけど断ろうと思っていた。

「うむ。折り入って相談がある」

「相談？」

「カナタのことだ」

「え……？　カナタがどうかしたの？」

　カナタからの通話を逃したことを今になってなおさら悔やむ。

　もしかしたら、なにか重大なことだったのかな。

「詳しい事は明日だ」

「やだ、今がいい」

「そうなのか？　私は構わんが。今から来れるか？」

「今どこいるの？」

「ハンガーだ」

アジトに併設されたハンガーはすでに人の気配はなく、パーツや工具はきっちり片付けられていて、整理整頓が行き届いている。

静かに佇《たたず》む数機のコフィンの中には、私のリアリドもあった。

マイケルとボブはハンガーの中心で、腰丈くらいのコンテナをテーブル代わりにし、折りたたみの簡易イスを広げて何事かを話し合っていたところらしかった。

「お待たせ」

私とアンジェに気づいたボブが背もたれつきの簡易イスをさらに2脚運んできて、座るように促してくれた。

「ねえ、なんの話？　カナタになにかあったの？」

ボブは、包み紙に小分けされたいくつかのチョコレートと温められたミルクをコンテナの上に置いて、「どうぞ」と取り出したチョコレートを私の手のひらに乗せた。

「本日の戦果を御覧ください」

ボブは端末にデータを表示して、私に向けた。

「アヴァンチュール全員の稼ぎを合算するとロックタウンでも指折りの成績となっております」

「悪くない数字よね」

「そうだ。そしてこれがそのうちの私の戦果だ」

マイケルが端末を操作して画面を切り替えると、グラフの中に大きくマイケルの内訳が表示された。

半分近くを占めているのは認めるしか無い。悔しいけど。

「その情報いるの？」

「マイケル様は隠せないほど大きな爪をお持ちでして」

「ん？　昨日切ったばかりだがまだ長いか？」

「ボブ、もういいから話進めて」

「はい。一方こちらは、ロックタウンに属するドリフター全体を比較したデータになります」

うわ、そんなデータあるんだ。自分の名前もある。こうやって改めて数字で出されてサボってるとか言われたらぐうの音も出ないだろうな。

「ここを御覧ください」

ボブがある箇所に触れると、名前と登録された顔写真が続く。

カナタだった。

「カナタ様の伸び率は目覚ましいものがあります。すでにアヴァンチュールの平均は超え、トップ5に迫る勢いです」

そのトップ5にはマイケルと私も含まれている。

要するに、カナタはノワールと出会ってから今日までの短い期間に、ロックタウンでも指折りのドリフターにまで一気に駆け上がったということだ。

「エリー、どう思う？」

「どうって言われても……」

カナタの腕前を疑ったつもりはなかったけど、正直、ここまでとは思っていなかったのが本音だった。

「カナタをアヴァンチュールに引き入れるぞ」

「え？」

まさかそう来るとは思わず、言葉を失った。

カナタがアヴァンチュールに？

それは私がずっと望んできたことだったけれど、なぜだろう。

いざその時が来ると素直に喜べない自分が居た。

違和感があった。

「トキオのところで遊ばせておくのはもったいないだろう」

「でもカナタを試験で落としたでしょ？　どうして今さら？」

「その点についてはこちらが参考になるでしょう」

ボブはこれまでのカナタの戦闘記録の分析結果を取り出して、話を続けた。

「御覧のとおり、単純なドリフターとしての技量や判断速度については発展途上です。しかし、ノワールとの組み合わせとなると話は別です。デイジーオーガもあらゆる局地戦に対応できる高い拡張性を有している。アヴァンチュールと協力関係を築くことは充分に可能です」

「ちょっと待ってよ」

引っ掛かっていた違和感の正体が掴《つか》めた私は、苛立《いらだ》っていた。

「つまり、こう言いたいわけ？　カナタはいまいちだけど、ノワールがすごいって。ノワールと相性バッチリなカナタだから、アヴァンチュールにも入れるんだって」

「将来性。それがカナタ様にはある。このまま成長を続ければロックタウンでもトップクラスに名を連ねる可能性を見込めます」

「ふむ。当然私には及ばないが、トキオと良《い》い勝負ということで合っているな。ボブ」

「ええ、五十歩百歩です、マイケル様」

「そうか百歩か。多いに越したことはない」

マイケルはチョコを頬張《ほおば》って、ホットミルクで流し込んでいた。

呑気《のんき》ないつものやりとりに流されるわけにはいかない。

「要するにノワールをうまく使いたいってことでしょ？　それ、ノワールにもカナタにも失礼だと思う」

ボブは、なにも言い返してこなかった。

それが余計に悔しかった。認めたってことだから。

代わりにマイケルが口を開いた。

「エリー」

「なに?」

「カナタはアヴァンチュールに入りたいと言っていた。それを認めると言った。なのになぜエリーの機嫌が悪くなる?」

「わかんないなら知らなくていいよ! アンジェ、帰ろ」

返事を待たずに、私は早足でハンガーをあとにした。

握りしめたチョコレートは潰れかかっていて、手のひらの熱で溶け始めていた。

部屋に戻った私は、そのままベッドに転がり込んで枕に顔を埋《うず》めるようにして突っ伏した。

「んうううう」と言葉にならない思いを枕にぶつける。

カナタをアヴァンチュールに誘ってみたり、今ならアヴァンチュールにも入れると思ってみたり、なのにマイケルとボブが認めようとしたら納得がいかなかったり。

いったい私はどうしてしまったんだろう。

わからない。自分の今の気持ちが。

ギシッとベッドが沈みこんだ。アンジェが腰かけたのだ。

「よくマイケルに言い返したわよ、エリー。カナタだって努力してる。それはエリーが一番わかってるもんね」

そうだ。カナタは、ノワールの性能に追いつく為《ため》に努力してる。

メイガススキルの練習だってそうだし、コフィンを独自に改良し続けて、どんどん力をつけているんだ。

だけど……だけど。

「けど、それが悔しかったのね？」

アンジェの声は一切のトゲがなくて、心を鷲掴《わしづか》みにされた。

「うん」

素直に認めるしかなかった。

ドリフターになったカナタはどんどん強くなる。

アヴァンチュールが戦力として欲しがるのも当然なくらい。

データで見せられたものだから、途端に自分と比べてしまった。

「エリーはドリフターでもあるんだから、カナタはライバルでもあるんだもんね。負けた

れた。

くないって、思ったんでしょ?」

アンジェは私の中にあったモヤモヤに名前を与えて、はっきりと形あるものに変えてく
ライバル。

そんなことになるとは思ってもみなかったけど、その言葉がしっくり来た。

私はドリフターになりたくてなったわけじゃない。

カナタの近くにいる手段としてドリフターという道を選んだ。

はじめはそれだけで良かった。

結晶はロックタウンで暮らす人たちのエネルギーになるからたくさんの人の為《ため》になるし、時には感謝もされる。仲間と一緒に大きな結晶を手に入れたら達成感もある。見本市の成績表上位に名前が載れば、充実感に溢《あふ》れた一日を過ごせる。

やり甲斐《がい》だったり居場所だったり、そういうものを得られる。

私の生活にはドリフターという仕事が欠かせないものになって、ドリフターであることが誇りになっていたんだ。

そして、カナタが力をつけたなら、負けたくないって自然に思う。

「白馬の王子様の家臣からライバルに大変身ね」

「ちょっとマジで笑えないそれ〜……」

カナタがドリフターとして活躍すればするほど、私は嫉妬してしまいそうだ。そんな人がそばに居たらカナタは息苦しくなってしまうんじゃないだろうか……？

カナタだって、素直に応援してくれる人がいいにきまってる。

ふいに、シエルの顔が浮かんだ。

そうだ。カナタの夢を応援してくれる人は充分にいる。

あの子なら、シエルなら、安心してカナタを託せる。

「私、カナタがアヴァンチュールに入るの応援する。今はノワールのおかげだってみんな言うかもしれないけど、カナタがドリフターとして必ず成長するって私も信じてるもん。いつかカナタは、自分の力でみんなを認めさせるはずだよ。ていうか、もう認め始めてるんだよ。私がそれを認められないからって、カナタのチャンスを潰すなんて間違ってた」

「そっかぁ。エリーが私のマスターで良かった」

「ええ？　どういう意味？」

「いろんな選択肢がある中で、一番カッコイイから」

「アンジェ……」

カッコイイかどうかはさておき、決心した自分のことは結構好きだって思ってる。アンジェもそう思ってくれていて、良かった。

私はカナタのドリフターとしての成長を支える側に立てばいい。

ライバルとして。

気持ちは、しっかりしまい込んで。

それが私にできる、応援だと思った。

*

「マイケルさん、さっきの話……」

「ん？　キリヤ、まだ残っていたのか？」

無人だと思われたアヴァンチュールのアジトのハンガーには、コフィンの整備を続けていたキリヤが残っていたのだった。

「カナタがアヴァンチュールに入るんですか？」

「エリーは反対らしい。だが戦力としてたしかなことには変わりない。まずはそうだな、ヘルプでも頼んでみるか」

「カナタって、そんなにすごいんですか？」

「エリーといい勝負というとこだな」

「エリーと……」

キリヤは自分の目指している場所を、カナタにかすめ取られた気がして良《い》い気分では無かった。

そこへ来て、エリーがカナタを必死に庇《かば》い立《だ》てする姿を見せられれば、焦燥《しょうそう》にも駆られる。

そんなキリヤの気も知らず、マイケルは呑気《のんき》に言う。

「ま、なんだかんだでエリーも認めるだろう。そもそもあいつが一番カナタをアヴァンチュールに入れたがってたんだから」

「え……？　そうなんですか？」

「知らなかったのか？　あいつは昔からカナタの事が好きなんだよ」

——昔からカナタの事が好きなんだよ。

その衝撃は、キリヤの頭をぐわんぐわんと揺さぶって、キリヤから言葉を奪った。

＃11　ドリフターの流儀

カナタのガレージには、デイジーオーガが置かれていた。

外装が取り外されて、フレームがむき出しになったままだ。

改修作業中だって言っていたけど、大切な話を伝える為《ため》に、私とマイケルはカナタに時間を貰《もら》った。

「俺、やります！」

アヴァンチュールの仕事のヘルプを頼むと告げたマイケルに対し、カナタは即答だった。

あまりにも前のめりなカナタの様子に、ちょっとびっくり。

謙遜して遠慮するかも、なんて心配は必要なかったみたい。

もしもの時は背中を押そうと思ってたんだけど。

「とにかく俺、実戦やりたいんです。だからなんでもやります！」

「馬鹿者！　ドリフターたるもの仕事は選べ！」

「マイケル様。カナタ様は一日でもはやくマイケル様に追いつきたいと仰《おつしや》っております」

「なるほど。ならよく励め」

ボブの助言でマイケルはすっかり大人《おとな》しくなった。

カナタの表情は、頭ごなしに意気込みを否定された驚きと、ボブの上手《じょうず》な対応で苦笑いが入り混じっていた。

「シエルのライブを観《み》たいが為の仕事を選んだリーダーが言うと説得力あるわねえ。マリアは残念がってたなあ～、こっちの頼みは全然聞いてくれないのにって」

アンジェは流し目しながら呟《つぶや》いた。

「そ、そんなことはないはず――」

あの威勢だけはいいマイケルが、最後の方は聞き取れないほど小声になっていた。マイケルはお姉ちゃんの事になると途端に弱腰になっちゃうのが不思議だ。

弱みでも握られてるのかな。って、そんな事はどうでもよくて。

「ねえ、カナタ」

うやむやになりかけた大事な事を言わなくては。

「仕事を選べってね、私も半分は同意。私たちドリフターはただやみくもに戦ってるわけじゃない。もちろんそういう人がいないとは言わないけど、少なくともアヴァンチュールは違う。私たちが戦うのは、懸けるものがある時。儲《もう》けだったり、助けを求める声だったり、それがなにかは人それぞれだけどね」

「懸けるもの、か……」

「その通りだ、よく言ったエリー」

「あんたが言わないから言ったのよ！」

本当に調子がいい奴《やつ》なんだからマイケルは。

「ボブ、あれを」

「はい。カナタ様、どうぞ」

ボブがカナタに渡したのはアヴァンチュールの腕章だった。

「うわぁ！　これか〜！」

メンバーの証《あかし》である腕章は、アヴァンチュールに憧れるドリフターにとって一種のステータスなんだよね。

手にとって大事そうに掲げるカナタの目が、ライトに照らされてキラリと光った気がした。

「つけてみろ」

マイケルに促されたカナタは左腕に腕章を通して、ジャケットに固定具で留《と》めようとしているけれど、「あれ？　あれ？」となかなかうまくいかないみたいだった。

手先は器用なはずなのに、こういう時にシャキッとできないところがほっとけないよね。

「もう、ちょっと貸して」

悪戦苦闘するカナタのジャケットと腕章をおさえると、ジャケットの外からでも腕周りの筋肉が引き締まっているのがわかった。

男の人の腕ってこんな感じなんだな。

そんな事を思うと、ただ固定具を留めるだけの動きが急に簡単ではなくなってしまった。

悟られないように落ち着いたフリをしてるけど、にっこり顔のアンジェにはぜんぶ見透かされてるっぽい。

いけないいけないけない。そういう意識は封印しなきゃ。

「はいオッケー」

「ありがと」

「どういたしまして」

私はポンポンとカナタの腕章を叩《たた》いて、しっかりと固定されていることを確認した。

「かっこいー」

カナタは左肘をぐっと上げて、腕章をうっとり見ながら続ける。

「ありがとう、エリー」

「え？」

「ずっと応援してくれてただろ、俺がアヴァンチュールに入れるように。やっと応えられたのかなって思えて。俺、一回試験に落ちてからずっとウジウジしててさ、それでもエリーは諦めないで何度も声をかけてくれただろ？　実は結構、支えだったんだ。何も言われなくなったらいよいよおしまいだぞって」

ええ？　そんな風に思ってくれてたんだ……。

「カナタ……」

私、カナタの夢を応援できてたんだ。

もっと早く言ってくれていたら、違う今があったのかな。なんてのは私の身勝手だよね。

嬉《うれ》しさだけじゃない、込み上げてくる別の気持ちが顔に出ているのは自分でもわかった。見られないようにそっぽを向いて、私は言った。

「わかってる？　アヴァンチュールに交じって戦うってことは、チームの中の競争に加わるってことだよ？　ここがゴールじゃないんだからね？　しっかりやりなさいよね！　情けない働きだったら推薦した私の株が落ちるんだからねっ！」

伝えようとすればするほど、いらない言葉が積み重なってしまう。

本当にどうしたものか。「がんばれ」って言いたいだけなのに。

「そうだよな。うん。エリーの言う通りだ。俺、がんばるよ」

「え？」

思わず気の抜けた声が出た。

「え？」

「なんでわかったの？」

「なんでって？　え？　なんの話？」

カナタは目が点になって私を見ている。

可笑《おか》しくなってきて、私は噴き出した。

なんだ、伝わってるんじゃん。

目尻に浮かんだ涙は、おかしくって笑ったから出てきたものだ。

これからはカナタと一緒にいろんな所を巡って、戦って、時に助け合って。そんな日々が始まるかと思うと、やっぱりワクワクする。

そうやって過ごせるだけで、私は充分だと思わなきゃ。

「ただ、言いにくいんだけど、俺からお願いもあって」

カナタはジャケットについた腕章を取り外して、マイケルに返した。それから深くお辞儀をしてから言った。

「アヴァンチュールに入るのは、俺がトキオさんに認めてもらってからにしたいんです。そうじゃないと、俺自身も納得できなくて」

「カナタ……」

「ごめん、エリー。実はトレーダーズネストでね、アルバさんっていうすごいドリフターと会ったんだ。変なエンダーズが現れたんだけど、ぜんぶひとりで倒しちゃってさ。メイガススキルのことも少しだけ教えてくれた。要は俺がしっかりしてれば、ノワールの力をもっと引き出せるはずだって」

そっか。カナタの積極的な理由がわかった。

「マイケルさん、わがまま言わせてもらうと戦える場所はどんどん紹介してほしいです。びしばし鍛えてくださいっ！」

「ダメだ」

「えっ。早っ」

「トキオに認められることになんの価値がある！」

「マイケル様、カナタ様はチャンピオンであるマイケル様に挑む資格が欲しいと言っています」

「なるほど。あくまで挑戦者であるということだな。よし」

「カナタ様、我々と活動する際の取り分の契約については後ほど」

「あ、はい。はは、しっかりしてるんだね」

こうしてカナタは、アヴァンチュールのヘルプ要員として協力してくれることになった。しっかり者でちゃっかり者のボブのことだから、ヘルプだとか関係なくバンバン仕事を回していくんだろう。

ノワールとのコンビはもっともっと良くなるに違いない。

これからふたりはたくさんの壁を一緒に乗り越えていく。

それでいつか、カナタの夢にたどり着く。

「――ッ！」

じわっと視界がぼやけはじめたのでジャケットの袖でぐしぐしと強くこすった。

認めるよ。私、ノワールが羨ましい。

でも人には役割があるもんね。

私はカナタの幼馴染《おさななじみ》で、切磋琢磨《せっさたくま》する同僚なんだから。

それを少しずつ受け入れながら、自分にできることを選ぼう。

「ふたりなら絶対大丈夫。応援してるよ、カナタ」

よく言った、私。

胸が張り裂けそうになるけれど。

ウソではないから。

お姫様に憧れる時間は終わり。

大人《おとな》になるって、そういうことでしょ？

私は進む。前に、前に。


カナタのガレージから自宅までは、騒がしいメインストリートを経由しないと帰れない。

アジトに戻るマイケルとは途中まで同じ道になるので、並んで歩いて帰った。

「そういえば、カナタを誘うのは反対じゃなかったのか？」

「ああ、ごめん。反対するつもりはなかったの。カナタを認めてないような言い分が気に入らなかっただけ」

「それは私の説明不足でした。失礼しました」

ボブがひょっこりと会話に加わってきた。

「ボブのせいじゃないって。私の思い上がり。カナタが自分で周りを認めさせればいい話なのに、私があれこれ言う筋合いないよ。結局、カナタを信じてないのは私の方だったんだって、あとから気づいたの」

「複雑ですね、恋心というものは」

「……はぁ!? ボブ、あんた何言ってんのよ!」

「信頼か。たしかに信頼とは別の話だな。エリーがカナタの事が好きだとしても。私もマリアさんに憧れているが、シエルの歌は良《い》いものだ。ということは我々は同類だな」

「一緒にするなし! ていうかあんたなにさらっとカミングアウトしてるわけ!? 多いのよ情報量!」

ちょっと待って、整理をさせて。なんでみんな私がカナタを好きだってこと、当たり前の事実みたいに言ってんのよ!

思わず助けの手が欲しくなってアンジェを見ると、気まずそうに目を泳がせた。

「今、目そらした?」

「あはは。バレたか」

「バレたかじゃなーい！　アンジェじゃないよね？　アンジェは言いふらしたりしないよね？」

「それはもちろんだけど……。うーん……」

アンジェは顎に手をあててなにかを考えたあと、「よし」とひとりで納得してから口を開いた。

「エリー、よく聞いて。あなたね、バレバレよ」

「バレバレ」

「そう。ていうか、ダダ漏れ？」

「ダダ漏れ」

「要するにエリー。今さらよ」

「今さらって？」

「いやだから、みんな知ってるのよ。エリーのキ・モ・チ」

アンジェはウインクしながら指でハートの形をつくる。

「うそ……」

アンジェの茶目《ちゃめ》っ気《け》に乗っかる気にはなれなかった。

私は一番気になっている事を恐る恐る口に出した。

「……カナタも？」

「えーっと……」

アンジェは途端に頭を抱えた。

「ギリギリセーフ！」

「ギリギリセーフってなによ。なんなのよ～～～!?」

私の叫び声は、ロックタウンのすみずみまで響き渡ったのではないかと思う。


それから数日後。

――「嵐」がやってきた。


「このところあちこちのキャンプが相次いで襲撃を受けている」

マムの酒場に集められたロックタウン中のドリフターが、ホロモニターに釘付《くぎづ》けになった。

私もそうだ。

画像の中の建物はぐちゃぐちゃに潰れて、瓦礫《がれき》の山だった。

そこに居た人たちがどうなったのか……考えるのもイヤだ。

それは、【シルヴァーストーム】と呼ばれる、特殊なエンダーズの仕業である可能性が高いという。

情報が曖昧なのは、目撃者はみな連絡が途絶えてしまったから。

「連絡の途絶えたポイントを出しな」

マムの声で画像が切り替わる。

立体表示された地図上にいくつか光点がついた。

「あっ……」

思わず声が出た。

「ボーンヤードも！」

すぐにカナタも気づいたらしかった。

被害地域の中に含まれたボーンヤードは技術者が集まって暮らしている場所で、お姉ちゃんと付き合いの深いエリアだ。ちょっとクセのある人たちばかりだけど、お姉ちゃんについていった私をみんなかわいがってくれたのをよく覚えてる。

カナタも時々一緒だった。

コフィンに興味を持ったカナタは、ボーンヤードのおじさんたちと一緒になって機械に触れて、コフィン造りを学んでいた。

今のカナタがあるのはボーンヤードの人たちのおかげだって言ってもおかしくない。

カナタはすぐにでも飛び出していきたそうな顔だ。

わかるよ。あんな被害画像を見たあとだもん、居ても立っても居られないよね。

マムがつづけて、恐ろしいことを言った。

シルヴァーストームの予想針路にロックタウンがある。

ロックタウン史上最大の危機だと認識したマムの指示でマイケルが全ドリフターの指揮を執ることになり、私はアヴァンチュールの何人かと偵察に出ることになった。


私とアンジェは目標から距離をとった場所にコフィンを止め、スコープで確認した。

そこにはゆらゆらと揺れるコフィンが居た。

ひとつやふたつじゃない、数十はある。

「コフィンが……あんなところでなにしてるのよ！　危ないじゃない！」

「あれはコフィンだけど、私たちが知るコフィンじゃないのよ」

光学スコープで捉えた映像を、アンジェが分析してくれた。

「寄生型。最近トレーダーズネスト近辺で出没していたみたい。周辺ネストに警戒報告が出ていたみたいだけど、行き違いか油断したのか、見逃されたのね」

「寄生型って……？」

「名前の通りよ。エンダーズが寄生しているの。あのコフィンには誰も乗ってない。動かしてるのはエンダーズよ」

「じゃあ……中にいたドリフターは？　メイガスは？」

「……たぶん、もう」

アンジェは黙ってしまった。

スコープを持つ手が汗で濡《ぬ》れて滑る。

「情報は充分に得られたわ。エリー、帰りましょう」

「ねえアンジェ。シルヴァーストームってなんなの？」

「一番最近確認されたのは約20年前。正体は寄生型エンダーズの群体。前回は太刀打《たちう》ちできなくて、自然消滅を待つしかなかったそうよ。奴《やつ》はあらゆるものに寄生して、巻き込んで、巨大化していくの。どんな形状になるのかはその時次第ね」

「それが、ロックタウンに……？」

「マムたちの計算だと、そうみたいね」

アンジェの顔はこわばっていた。気休めを言える状況ではないことが伝わってきた。

ロックタウンが瓦礫《がれき》の山になるかもしれない。

自分のコフィンが奪われて、誰かを撃ってしまうかもしれない。

そんなことになる頃には、私とアンジェは……。

したくもない想像が止まらない。

嫌だ。それだけは絶対に。

ロックタウンに戻った私は、その静かさにまず驚いた。

全住民へ避難指示が出されていて、どんな時間でも賑《にぎ》わっているはずのメインストリートに人の姿が無い。

道に溢《あふ》れて立ち飲みする人たちも、飲み疲れて道端で眠る人も、買い物を終えて嬉《うれ》しそうに歩く人もいない。どこの路面店も「閉店」のサインを表示させたまま、時間が止まったみたいだった。

「ロックタウンじゃないみたい……」

「うるさいくらいが、私たちの街にはちょうどいいわね」

「うん」

守らなきゃ。その一心が、返事にこもった。

私は思っていたよりにぎやかなロックタウンが好きらしい。

だってここは、私がカナタと出逢《であ》った場所だもん。

マムの酒場に再び呼び出された私たちは、各所から集められた情報の分析結果を聞いた。

シルヴァーストームはやはりロックタウンに向かっている。

この現実はもう変えられない。ということは、戦いになる。

怖いと思う気持ちを押さえつけるために、ごっくんとツバを飲み込んだ。怖くたって、私はドリフターなんだから。

「え？　どういうこと？」

声がして後ろを見ると、アンジェが誰かと通信していた。

声はあきらかに緊張していて、切羽詰まった様子を感じる。

「落ち着いて、できることからやりましょ。しっかりして、少々のことで動じるあなたじゃないでしょ？」

その口ぶりで通信の相手は、お姉ちゃんかもしれないと思った。

「わかった。とにかく伝えておく」

通信を終えたアンジェが私の前に立った。

「お姉ちゃん？」

アンジェはうなずいた。

アンジェは私の手をとって、背中に手を添えてから口を開いた。

「トキオが重傷だって、もうすぐこっちに運ばれてくる」

「え……？」

「寄生型エンダーズに襲われたの。ボーンヤードで――」

そこから先、アンジェが言いづらそうにしている顔の意味はなんとなくわかってはいた。

だけど否定してほしくて、わざと訊《き》いた。

「カナタは……大丈夫だよね？」

アンジェはまたうなずいて、続けた。

「けど、カナタはまだボーンヤードに残ってるみたい。状況は、よくわかってない」

ぜんぶ聞く前に、私は走り出していた。


対シルヴァーストーム戦の緊急受け入れ用として設置された野戦病院に着いたのは、トキオが運び込まれてきたタイミングとほぼ同じだった。

「トキオ！」

ローラー付きの担架で運ばれていくトキオは、ひと目で重傷だとわかるひどい怪我《けが》を負っていた。

もちろん意識なんて無い。

トキオはあっという間に処置室に運ばれていって、声をかけるのをためらうほど険しい顔のムートンがそれを追っていった。

トキオのことは心配だ。けど、カナタのことも誰か教えてよ。

「エリー」

「クラウディア？　どうしてここに？」

「ちょっと、いい？」

ボーンヤードへ調査に向かったトキオとカナタは、エンダーズに襲われていたそうだ。クラウディアとフラムが助けに入って、最悪の事態にはならなかった。クラウディアのキャリアに載せられるのは怪我を負ったトキオ、ムートン、そしてジョンガスメーカーまでが精一杯だったそうだ。

「カナちんと約束したの。すぐ迎えに行くからねって」

「アヴァンチュールのキャリアを出せないかマイケルに聞いてみる」

「そうしてくれると助かるわ」

「詳しい場所を教えてクラウディア、私行ってくる」

「ダメ、それはできないわエリー」

遮ったのはアンジェだった。

アンジェが止めてくるとは思わなかったから、少し強い口調で返してしまった。

「どうして？」

「マイケルから指示が来てる。たった今、私たちロックタウンの守備隊に編成されたの」

マイケルにだってトキオとカナタのことは伝わっているはずなのに、カナタを放っといて戦えっていうの……？

「カナタはひとりなんだよ!?」

「なんとかマイケルに掛け合って、せめて配置を換えてもらいましょ。ボーンヤードの近くになれば、あとはどうにもでもなれね」

「そうして、アンジェ」

「お待ち下さい」

病院から出てきたムートンが、私たちの輪の中に加わった。

「坊っちゃんは峠を越えました。その坊っちゃんから、伝言がございます」

「トキオから?」

意識を失った状態で伝言なんて残せるとは思えない。

つまりこれは、メイガスとしてトキオの意図を汲《く》もうというムートンの独断なんだろう。

「カナタは来る。必ず。だから待ってろ。ドリフターになったあいつを待ってやれ。男の門出を邪魔するもんじゃない」

ムートンの声なのに、まるでトキオが言っているみたいだ。

——待ってやれ。

響きがトキオの声に変換されて、くり返しくり返し、頭に浮かんでは消える。あいつなら、たしかにそう言いそうだ。

「どうか、坊っちゃんたちの願いを聞き届けていただきたい。信じてロックタウンで待ってはいただけませんか」

なにが男の門出よ、カッコつけたって強くなれるわけじゃないんだから！　……ちょっと前までなら、そう思ってたかも。

だけどこれは、ドリフター同士の意地の張り合いだ。

トキオはいつも、カナタのここぞって時には一切手を出さなかった。カナタは失敗しても笑われても、自分の夢を諦めなかった。そして私は、ドリフターとしてカナタに向き合うって決めたんだ。

トキオの馬鹿の言いそうな事も、カナタの覚悟も、私の気持ちも根っこはおんなじってことなんだ。

ジャケットの内側で、通信端末がバイブレーションで受信を告げている。画面には、アヴァンチュールの出撃準備が整った事を知らせる文字が並んでいた。

「エリー、どうする？」

「行こう。マイケルのたちのところに」

カッコつけなきゃ、ドリフターなんてやってらんない。流儀を貫きたきゃ、帰ってきてみせなさいよ。カナタ！

私は駆け出した。

私のリアリドが待つ、ハンガーに向けて。

ふだんはＡＯ結晶の見本市が行われる広場は、うってかわって広大な仮設ハンガーになっていた。

ロックタウン中の技術者たちが集まって、ずらりと並ぶ大量のコフィンに出撃に向けた整備を一斉に施している。

その一角に、私のリアリドもあった。

「エリー！」

呼ばれて振り返ると、そこに居たのは、

「キリヤ！　みんなは？」

「もう外に向かってる！」

「キリヤが私の機体を？」

「うん。マイケルさんに任された。あれだけ一緒にトレーニングしてもらったおかげかな、エリーのリアリドのことはたぶん俺が一番詳しいから、完璧にしてあるよ」

「ありがとう、キリヤ」

コフィンに飛び移ろうとしたけれど、キリヤが遮るように前に立った。

「キリヤ？」

「ほんとは俺、エリーに出てほしくないよ」

「え？」

「でも、俺たちの街だもんね」

キリヤはいまにも泣きそうな顔をしていた。

先輩として、安心させなきゃいけない。そう思った。

「ロックタウンはみんなで守るから」

キリヤはなにかを言いたげだった。

「大丈夫だよ、シルヴァーストームなんかに負けないって！」

もちろん確証なんて無い。

けれどドリフターは確証があるから戦うわけじゃない。

「帰ってきてね、絶対」

「当たり前でしょ」

私が拳を突き出すとキリヤも応じてくれて、コツンと拳同士を突きあった。

コックピットに入り、ＯＳを起動する。

アンジェの接続が完了すると、視界が一気に開けた。

もうそこにキリヤの姿は無かった。

きっと私のリアリドだけが仕事ではなかったはずだ。

「ほんと、ありがとね、キリヤ」

すぐにビビッとブザー音が鳴った。

「マイケルから。作戦要項ね、頭に入れておく」

「お願い」

私も急いで作戦の内容を叩《たた》き込《こ》む。

「サポート、頼むわよアンジェ」

「了解、マスター」

作戦開始時刻がもうすぐという所まで迫ると、体がそわそわして落ち着かない。緊張をほぐそうと、目の前で揺れるヨシヲちゃんのお守りを見た。

ピンとおしりを叩くと、ぷらんぷらんと揺れる。

このお守りには何度も何度も助けられてきた。

今まで何度もエンダーズと戦った。

危機的状況になったことは一度や二度だけじゃない。

そのたびに、このお守りを見ると力が湧いて、勇気を振るい立たせてくれた。

「お守り、か……」

このヨシヲちゃんのぬいぐるみは、カナタに貰《もら》ったものだ。

カナタが整備の初仕事で手にした報酬で買ってくれた。

ふとした時に、私が欲しいと呟《つぶや》いたことがあって、それをカナタは覚えていてくれて、わざわざ探してくれたんだ。

嬉《うれ》しかった。一生大切にするって決めたんだ。

それ以来、ヨシヲちゃんは私の守り神としてコックピットを特等席にして何度も私に力をくれた。

揺れるヨシヲちゃんを眺めていると、だんだん気持ちが落ち着いてくる。

すると、ジジジッとコフィンのカメラが動く人影を認識して自動的にクローズアップした。

ハンガー内を移動する人は少なくないはずだけれど、私は妙に気になった。投影ディスプレイの中で、見覚えのある黄緑色の光がひらひらとなめらかに揺れていたからだ。

誰かを探すようにキョロキョロしながら走り回る、その人は。

「シエル……？」

なにかが閃《ひらめ》いた私は、反射的にコックピットを開いた。

「ちょ、エリー!?　もう作戦始まる！」

「ごめん！　すぐ戻るから！」

私はリアリドから鳥みたいに飛び上がって、地面に降り立った。

「シエル！」

呼びとめる声に、シエルはすぐに気づいてくれた。

「エリー、カナタが見当たらないけど、どこにいるか知ってる？」

「ここにはいないよ、ボーンヤードにいる。エンダーズに襲われて孤立してるの」

「そう……」

「シエル？」

シエルの瞳には影が差していた。

これまでに何度か見たことのある、あの目だ。

けど、迫る時間に追い立てられている私は構わず続ける。

「今は、壊れたデイジーオーガをひとりで改修してるらしいの。シエル、お願い。カナタを迎えに行ってあげて？」

私にできることはそれくらいだ。

「私が、カナタを……？」

「シエルならカナタのことを託せる。絶対、カナタの力になってくれるでしょ？　こんなところでカナタの夢を潰したくない、シエルならわかってくれるよね？」

「……」

「シエル？」

「エリー、あなたが行った方がいい。カナタだってその方が……」

「私は行かない。決めたの。行けないじゃない、行かないんだよ。私はアヴァンチュールとしてロックタウンを防衛する為《ため》に戦う」

「カナタを放っておくの？」

「そうだね、形としてはそうなるけど……けど、カナタは必ず戻って来るって信じてるし、それに……カナタもロックタウンが好きだから。自分よりもロックタウンを優先してほしいって、絶対言うはずだから。カナタが帰ってくる場所を守ることにした」

気持ちがたかぶって、思わず口から飛び出していったクサいセリフだったかもしれないけど、間違いなく本心だから。恥ずかしいなんて気持ちは1ミリも湧かなかった。むしろ、堂々と言葉に出せたことに誇りすら感じる。

そばにいるだけが支える事じゃない。

それは、今私が手にしているヨシヲちゃんのお守りが、証明してくれている。

「カナタに渡して」

コックピットから取り外してきたヨシヲちゃんのお守りを、シエルの手にしっかりと握らせた。

シエルの手はびっくりするほど冷たかった。

「これは？」

「お守り。気休めかもしれないけど。渡せば、カナタはわかってくれると思う」

それだけ伝えて、リアリドに駆け戻った。

やることはこれで全部やった。
ただ待つだけの私じゃないんだよ。
前に進めない言い訳じゃないんだよ。
私は待ってる。カナタを信じて。

#12　白馬の王子様

「番号!」

ロックタウンの作戦室にいるマイケルの声が、無線を通じてコックピットに届いた。

「イチ!」

私は間髪《かんはつ》入れずに返答した。

私のコールサインは「1」。

コールサインは作戦の中での重要度に応じて番号が振り分けられるシステムで、私はその一番手。そんな大役を任されるのは初めてで、それがシルヴァーストームとの戦いだっていうんだから正直驚いた。

「「2、3、4、5!」」

私の声に続いて仲間の気合いの入った声が聞こえた。

「よし。誰も気を抜いてないな。改めて状況の説明だ、ボブ」

「はい。シルヴァーストームを誘引すべく用意した大量のAO結晶は、ポイントXワンに設置完了。現在、観測班がシルヴァーストームの針路分析を行っております。誘導成功が確認され次第、全隊で包囲戦へと移行します」

ゴトゴトと揺れるキャリアの中は騒音まみれだけど、マイケルとボブの声はクリアに聞こえた。ノイズキャンセルのおかげだけじゃない。迫る決戦に向けて、私の集中力も高まってきてる。

「このあとすぐに私も前線に出るぞ。ロックタウン中からかき集めたドリフターたちに後れをとる失態は許されない。アヴァンチュール各員、そのつもりでスタンバっておけ！」

相当気合いが入っているだろうマイケルの声は、いつもより迫力があった。ならそれに応えるのが仲間ってものよね。

「了解！」

ぐっとお腹《なか》に力を入れて叫んだ。

「これから華々しい大舞台だっていうのに、バイタルに乱れが一切ないわよ、エリー」

「シルヴァーストームでもなんでも来いって感じ」

「頼もしいわ、マスター」

「アンジェ、援護よろしく」

コックピットの中で広がる視界にヨシヲちゃん人形がいないのはちょっと慣れないけど、大丈夫。

ヨシヲちゃん、カナタを守ってね。

そして私の所に、帰ってきてね。

＊

マリアのラボに、トキオのジョンガスメーカーが運び込まれたのは、エリーらがシルヴァーストームに対しロックタウン近郊の平野部に防衛フォーメーションを組み始めたまさにその頃だった。

コフィンの惨状を見たマリアは一瞬絶句したが、すぐにアシスタントメイガスに指示を出し、修復の準備を命じた。

「お手数をおかけします、マリアさん」

「カナタがいないんじゃ、私くらいでしょ。この子をいじれるのは」

マリアはジョンガスメーカーに穿《うが》たれた複数の穴を見て、顔をしかめながら言った。

「生きてるだけで不思議ね。あのバカ」

「こちらがカナタさんが残していた修復履歴です。なにかの参考になればと」

ムートンが共有したリストにはびっしりと几帳面《きちょうめん》に文字が並んでいた。数年に及ぶトキオの戦いぶりとカナタの丁寧な仕事ぶりが、マリアの経験ならばひと目でわかる。

「ほんと真面目《まじめ》なんだから」

痛ましい状況ではあるが、期せずして愛弟子《まなでし》の成長を感じることになったマリアは頬《ほお》を緩ませた。

「マリアさんの設計当時と比べ、かなりカスタマイズが進んでおりますが、直すまでにどれほどかかりそうでしょうか？」

トキオはエンダーズとの戦いで重傷を負い、いまだ意識不明の状態であるにもかかわらず、ムートンはさも当然のように続ける。

「坊っちゃんがお待ちなもので」

マリアも、ジョンガスメーカーをラボに運び込みたいと連絡を受けた時点で覚悟はしていたので笑って返した。

「カナタなら5日ってところね」

「なるほど」

「1日で終わらせる」

さしものムートンもその提示には驚いたことを示すように、目が丸くなってしばたいた。

「この子を、ジョンガスメーカーをトキオに合わせてカスタムし直したの、誰だと思ってるの？」

「これは失礼。そうでしたな」

「終わったら連絡するから。それまでに目ぇ覚ませって、あいつに言っといてよ」

「かしこまりました」

マリアはうやうやしくお辞儀したムートンの肩を叩《たた》いて、ポニーテールを留めているゴムをきつく締め直した。

＊

ロックタウンを守るようにして並んだコフィンの列は、それはそれは壮観だった。

私を含むアヴァンチュール部隊はその真ん中あたりに居る。

予定されていたコフィンの数の倍以上集まっていることに驚いたけれど、その理由はすぐにわかった。

なんとバカラネストやディザイアネストのドリフターたちまで集まっているらしい。

シルヴァーストームという共通の敵がいると、普段は絶対に仲良くできやしない人たちが協力できるっていうんだから不思議だ。

「マイケルも大したものよね。有象無象《うぞうむぞう》のドリフターたちをまとめあげてるんだから」

アンジェの言う通りだと思う。

「これからアヴァンチュールの時代が来ちゃうかもね、エリー」

そうなってくれたらいい。だけど、今は。

「シルヴァーストームを倒してから考えよ！」

作戦通り、設置した囮《おとり》のＡＯ結晶に食いついたシルヴァーストームは、ややロックタウンから逸《そ》れながら移動している。

迫るシルヴァーストームは、肉眼でもはっきりと見える距離だ。

想像していた倍以上は大きかった。

観測班から共有された画像を見る限り、あらゆるものに寄生しながら合体、巨大化していったシルヴァーストームはとんでもなく大きなふたつの塔【ツインタワー】で構成されている。

そのどこかに、統合コアと呼ばれる部分があるそうだ。

ひとつなのかふたつなのか、それ以上あるのかはわからない。

とにかくその統合コアを全部壊す。

「シルヴァーストームに辿《たど》り着《つ》く前にやることがいっぱいよ」

そう。それが問題だった。

シルヴァーストームの周辺には、寄生された無数のコフィンがずらりと並んでいた。おそらく、私たち防衛隊よりも数は多いだろう。

どこからそんなに拾い集めてきたんだか。

覚悟をしていたとはいえ、怖くないってわけじゃない。

「いいか！　我らドリフターの力を示すときだ！」

オープン回線で響いたマイケルの声に応えるドリフターたちのレスポンスは様々だった。その雑多さがドリフターらしくて、なんだか心強かった。勝てそうな気がする、いや勝たなきゃ。

「あの趣味の悪いマーキング、ランゲのコフィンじゃない？」

周辺状況の変化に気を配っていたであろうアンジェがシルヴァーストーム周辺に勢ぞろいする寄生コフィンに駆け出していくコフィンを見つけ、指した。

「ああ！　ランゲ！」

「あんな奴《やつ》でも古巣のロックタウンを守るために駆けつけたのね」

ランゲは先陣切ってシルヴァーストームに突っ込んでいた。

アヴァンチュールの元副隊長、カナタの努力を笑いとばしたムカつく奴。だから絶対許しはしない。だけど誰より速く目的地に切り込んでみせる、命がいくつあっても足りないような無謀さこそドリフターなのかもしれない。

その流儀だけは、ほんのちょっとだけ認めてあげる。

マイケルも、そう感じたらしい。

「命知らずのドリフターども！　あの男に続け！」

わああああ！　と一気に無線が騒がしくなった。

始まる。行くっきゃない。

「アンジェ！」

「いつでもどうぞ！」

私は深呼吸して、思い切りアクセルペダルを踏み込んだ。

戦いは、それから何時間も続いた。


「はぁ、はぁ……」

「戦いが始まってどのくらい経過したか教えよっか？」

「聞かない。聞いたらもう動けなくなりそう」

無線とメイガス間の通信で、戦局の情報はどんどんアップデートされていく。ドリフターたちの混成部隊はかなりの数の寄生コフィンを倒してきたけど、あいつら弾切れを知らないんだからあり得ない。こっちは限りのある実弾だから補給がいるし、乗ってる人間には休憩だって必要なんだから。

致命的な被害はまだ無いにせよ、一進一退の攻防の中ですでに戦線離脱したアヴァンチュールのメンバーだっている。

「住民の避難は終わってるし、マイケルの指揮で被害は最小限。だからもう後退していいんじゃない？」

アンジェの提案に間違いは無い。なんなら体力的には正直うなずきかけた。ここまででもよくやったって思ってる。

でも、踏みとどまった。

「ありがとう、でも、ダメよ」

私の周囲に広がる光景、その後方にはロックタウンがある。

私が、カナタが、みんなが育ったあのネストが。

「ロックタウンには想《おも》い出《で》がいっぱいあるの。私たちの家がなくなるの、絶対にやだもん！」

喉はカラカラで、ずっと力を込め続けた操縦桿《そうじゅうかん》を握る両手の感覚はだいぶ麻痺《まひ》してる。

コフィンの制動を操るために酷使してきたふとももはプルプル震えてる始末だし。

アンジェのサポートが無かったら戦えない。

ひとりじゃない。

それって本当に、心強い。

世界で最初にメイガスを造ろうって思った人は、人間は誰かといると強くなれるって気がついたんだろうね。

「はいはい。最後までお付き合いしますよ、私のかわいいマスター」

「さんきゅー、相棒！」

しぼみそうだった気持ちにも、また火が点《つ》いた。

その時だった。ガクンと大きな振動が来て、画面いっぱいにアラートの文字が現れた。

私にもアンジェにも完全に想定外だった。

「寄生型じゃない!?」

エンダーズ：ミツアシの群れだ。

シルヴァーストームが引き寄せたのかはわからないけど、とにかく状況は悪くなる一方だってことは間違いない。

「エリー、距離とって！　切り替える！」

アンジェは急いで戦闘予測を再計算して、寄生型コフィンとミツアシとの乱戦に対応する準備を始めた。

「くっ……！」

その間は、私自身の操縦がすべてになる。

一瞬ではある。だけど、その一瞬のスキを突かれた。

操縦桿を握る手に、うまく力が入らなかった。

「ミスった！」

「やっば！」

突破するどころか、一気にミツアシに囲まれてしまった。

さらに最悪なことに、ミツアシの後ろから中型のエンダーズまで寄ってきた。

「ウソ、中型まで！」

マズすぎる。

「エリー……！」

言葉を失ったアンジェの手のひらが、私の手の甲に重なる。

仮想現実空間が見せているものだから温度も圧力も感じないけど、その想《おも》いは流れ込んでくるような気がした。

アンジェにもう打てる手が無いなら、私にも無い。

ごめん、アンジェ。わがまま言って。

やっぱ帰っておけば良かった？

いくらロックタウンを守れたって、やられちゃったら意味がない。

ヨシヲちゃん人形、渡しちゃったの失敗だったかな。

私が死んだら、カナタは自分のせいだとか言いそうだ。

そんなこと1ミリも無いのに。

死んだら、カナタのフォローもできない。

大丈夫だよって。

そんなことないよって、言う事もできないんだ。

ごめん……。

「カナタ……！」

私はぎゅっと目をつぶって、せめてこの想いが届くようにと、どこかにいるはずのカナタに向けて強く念じた。

次の瞬間には、エンダーズが一斉に襲いかかってくるだろう。

できれば痛くないようにしてほしい。

けれど、いつまで経《た》ってもなんの衝撃もこなかった。

目の前にいたはずのエンダーズたちは、たちまち粉々にかき消えてしまった。

「……！」

それは最初、真っ白い光だと思った。

その光がジグザクに走って、ようやくそれがカナタのデイジーオーガだとわかった。

「良かった、間に合って！」

今この時、一番聴きたかった声がして、覚悟して冷え切った私の体がカァッと熱くなった。

「カナタ！」

それは白馬の王子なんていう颯爽《さっそう》とした爽やかさのカケラも無い、泣く子も黙る鬼のような動きで目の前のエンダーズたちを薙《な》ぎ払《はら》っていく。

「ふぇぇぇ……」

我ながらなんとも情けない声が出た。

アンジェも半ば引きつった笑いで見ていた。

「無事か、エリー！」

デイジーオーガとリンクして、カナタのコックピットの中の様子が視界の一部に描画された。カナタとノワールのふたりが揃《そろ》って私を見ている。

その映像ごしに、私たちの目は合っていた。

「あ、ええと……ただいま！」

さっきまでの威勢とはかけ離れた、妙に抜けた感じのカナタはいつものカナタだった。

「遅《お》っっっっそい！」

これは来てくれてありがとうの意味だから！

アンジェが横で「え!?」って驚いてるけど、そんなのはおかまいなしで、思うがままに湧いてきた言葉をぶつける。

「でも、おかえり。カナタ」

カナタはヨシヲちゃんのお守りをカメラに向けて見せてくれた。

「お守り、ありがとう。あとで返すね」

「……うん」

あとで。

絶対に守らなきゃいけない約束ができた。

カナタとノワールを乗せたデイジーオーガは、一気に加速してシルヴァーストームへと駆け出していく。

「がんばって、カナタ。カナタをお願いね、ノワール」

小さく小さく呟《つぶや》いた。

気がつけば、さっきまで言う事を聞いてくれそうになかった手足に、力がみなぎってきた。疲れなんて全部ふっとんだ。

私はその足で一度補給に戻り、すぐに戦線に復帰した。

カナタはシルヴァーストームの統合コアを破壊するために、ツインタワーの中で戦っている。

私はアヴァンチュールのメンバーと連係して、ロックタウンに接近してくるエンダーズたちを追い払い続けた。

カナタがきっと戦いを終わらせてくれると信じられたから、どんなに苦しい戦いの中でも心が折れることは決して無かった。

あれほど追い詰められたのに、まるで生き返ったみたい。

「妬《や》けちゃうなあ」と不貞腐《ふてくさ》れながら、アンジェは的確なサポートで私を助けてくれた。

そしてようやく、その時が来た。

そびえ立つツインタワーの頂上で、目がくらむような閃光《せんこう》が走ったかと思うと、耳をつんざくような音と爆風が一帯に襲いかかった。

視界が爆発でホワイトアウトする直前に、私の目にはしっかりとあの白く輝くコフィンが見えていた。

デイジーオーガが、メイガススキルを使ったんだと思う。

ノワールのメイガススキルってことだよね？

ついにやったんだね、カナタ。

カナタの頑張りが報われて良かった。

カナタが私を助けに来てくれたことよりも、シルヴァーストームを倒したことよりも、もっともっともーっと嬉《うれ》しい。

私は思わず飛び上がって、アンジェと力いっぱいのハイタッチをして抱き合った。

シルヴァーストームが崩れ落ちた一帯は、さながらジャンクの海だった。かき集められたあらゆるものが平野に散らばり、「レアモノ」を求めるドリフターたちは我先にと漁《あさ》っている。

数日前は手に手をとって一緒に戦った人たちなのに、やれどっちが先に見つけただのと言い合っては争っている。

本当にドリフターというのはゲンキンな奴《やつ》らだと思う。

シルヴァーストームとの戦いには少なくない犠牲も出た。

それでも、今日の稼ぎのためにたくましく生きているのはもしかしたら誇らしいことなのかもしれない。

アヴァンチュールはマイケルからの指示で瓦礫《がれき》の撤去を言い渡されているので、お宝集めが気になるメンバーは陰でブーブー言ったりもしていた。

私はリアリドに乗って、大きすぎる破片を砕いたり切ったりと簡単に無くなりそうもない瓦礫の撤去作業をもくもくとこなして、ロックタウンのハンガーへと帰還した。

「おかえり、エリー」

出迎えてくれたのはキリヤだった。

「どこか悪い所はなかった？」

「ううん、全然。整備完璧！」

「いやあ、ははは」

キリヤはわかりやすく照れていた。

シルヴァーストームとの戦闘続きの中で、大きな問題なく戦い続けられたのは間違いなく整備をしてくれたキリヤのおかげだ。

「いつも、ありがとね」

「エリー……」

キリヤはすっかりもじもじしている。ま、仕事ぶりを褒められるのって嬉《うれ》しいもんね。

「あ、あのこれ！」

キリヤは急に真面目《まじめ》な顔になって、私の手を取ってなにかを握らせてきた。ちょっとびっくりしたけど、手のひらにはヨシヲちゃんの小さな人形があった。

「え？　なんで？」

「前にエリーのリアリドにあったこの人形、なくなってたから」

「探して買ってきてくれたの？」

「うん。それで、その……エリー……」

キリヤの声は消え入りそうだった。

「キリヤ？　どうかした？」

「シルヴァーストームを倒したのはカナタだった。俺たちのロックタウンを守ってくれてめちゃくちゃすごい人だってのはよくわかった」

うーん、たしかにすごいけど。カナタはなんというか、すごいっていう言葉は似合わない気もする。って、キリヤはなんでこんな話をしてるんだろう。

「まだまだ俺、カナタの足元にも及ばないかもしれないけど、絶対負けないから。俺もドリフターになってみせる！」

「カナタを目指してるってこと？」

「違う、違うんだ……」

んん？　いったいなんの話なの？

そう、言おうとした時だった。

「こ、今度は俺がエリーを守るから！　俺のこと、す、す、す……」

「す？」

「す……好きにさせてみせるから！」

「ひぁっ⁉」

な、な、なんてった⁉　いま、なんてったー⁉

息の仕方を忘れるほど驚いた私の返事も待たずに、キリヤは全力疾走でその場から消えていった。

ちょ、ちょっと待って、投げっぱなしは勘弁して。

「ね、ねえ、アンジェ」

「ん？　なあに？」

「今、なにがあった？」

「キリヤがエリーに告白したのよ。やだ、楽しみが増えちゃう」

え？　ええ？

「えええええええ!?」


その日の夜は、お姉ちゃんのラボに寄ることになっていた。

私を出迎えたお姉ちゃんのひと言目は「よっ！　モテる女はつらいわねえ！」だった。

すぐさまアンジェを見ると、あからさまに目を逸《そ》らした。

「ア〰〰ン〰〰ジェ〰〰！　もう！　おしゃべり！」

ぽかぽかとアンジェの肩を叩《たた》いて怒りの意志表示。

ま、アンジェはぜんぜん懲りないだろうけど。

「キリヤも案外見る目あるわね。うちの自慢の妹に目をつけるとは」

「もうやめてよ〜」

「しかも年上にアタックときた。しかもまた引き際がわかってる。これじゃエリーが試されてるようなものよね」

「明日からキリヤとどんな顔して会えばいいの……？」

「普通にすればいいじゃない。ねえ、アンジェ。あれ？」

「アンジェ？」

いない。キョロキョロしていると、お姉ちゃんのアシスタントのメイガスが口を開いた。

「アンジェさんは打ち上げの準備の為《ため》にリビングに向かわれました」

さては逃げたな。

「それでさ、さっきの話の続きだけどね、エリー」

「どの続き？」

「どんな顔すればいいかって話よ」

「ああ……うん」

「もしもエリーがカナタに告白して、次の日からよそよそしかったらどう？」

「ヤダ」

「じゃ、それが答えね」

ううう、ずるい。そんなことは私だってわかってるよ。

わかってるから困ってるってのにさ！

そこでふと、私は気になることを思いだした。

「トキオとは、どうだったの……？」

お姉ちゃんのラボに一時期トキオが入り浸っていたのは知っていた。公表してるわけじゃなかったけど、妹なりにお姉ちゃんがトキオとそういう関係だったことは想像もついた。

だけど、気づいたらトキオはめっきりラボには寄り付かなくなっていて、なんとなく聞いちゃいけないような気がしてこれまで心のどこかにしまい込んでいたんだ。

「私とトキオと、どっちから告ったかって話？　さあて、どっちからだったかなあ。ま、好きになったのは私からよ」

　はぐらかしながら、はにかんで答えてくれた。

「そうだったんだ」

　正直意外だった。

「なんかちょっと陰があるところが妙に気になってさ。ま、好きっていうより興味？　どこから来たのかも結局教えてくれなかったけど」

「仲良さそうだったのに、どうしてトキオと別れたの？」

「近くにいることより、大事なことがあったのよ。お互いにね。人間がまともに生きていられる時間なんて限りがあるでしょ？　その時間をなにに使うかを考えたの。それで、私からさよならしたってわけ」

「え？　そうだったの？」

「いたいけなトキオ少年の心を弄《もてあそ》んじゃったことは悪いと思ってる」

　トキオにはそんな様子一切なさそうだけどね。

　けど、今でもちょっとは気になっていたりするのかな。

「エリーは、どうするの？　カナタは諦めた？　キリヤも結構見てくれはかわいいし、尽くしてくれそうよねえ」

「そういう比べ方はしたくない。ふたりに失礼だよ」

「ごもっとも」

みんな、勇気を出して気持ちを伝えてるんだ。

私にはまだできないことだから、お姉ちゃんのこともキリヤのこともすごく尊敬できる。

だから、ハッキリさせないと。

「ごめん、お姉ちゃん。私、一回ロックタウンに戻る」

＊

マリアは階下に降り、リビングで待っていたアンジェの隣にあえて座った。

「どしたの〜？　なんかちょっとツラそう」

「そう見える？」

「エリーが自分の手を離れていくみたいで寂しいんでしょ」

「マリアには敵《かな》わないわ」

「メイガスとして素晴らしい仕事をしてるってことよ、はい」

マリアは持ってきたボトルから、アンジェのグラスに酒を注《つ》いだ。

「たまには付き合ってよ。私だって、妹の成長が嬉《うれ》しくも寂しくもあるんだからね？」

「じゃ、遠慮なく」

透き通ったグラスを掲げ合い、アンジェとマリアは一気に酒を飲み干した。

「んはぁ〰〰〰〰うまっ！」

マリアはさっそく二杯目をグラスに注《つ》ぎながら言った。

「私たちはさ、これからどんどん年取ってくわけ。どんどんおばさんになって、おばあさんになっていくわけでしょ？　この最っ高の酒の味もわかんなくなるのかしらね。その点メイガスはいいわよね、ずっと綺麗《きれい》なまま」

マリアはグラスに注いだ琥珀色《こはくいろ》の酒を揺らしている。

「それが人間の特権なのよ。大切な人と一緒に歳を重ねて、たくさんの想《おも》い出《で》を積み重ねて、いつか土に還《かえ》る。そして……私たちメイガスはそれを、見送る」

「それがメイガスの幸せ？」

「メイガスは人のそばに在り続ける。私たちはそれで充分なのよ」

「エリーのこと、よろしくね」

「もちろん。エリーは？　ちゃんと自分の足で向かえた？」

「うん。ちゃんと成長してるよ。アンジェのおかげで」

*

アヴァンチュールのアジトに入ると、まだ明かりが点《つ》いていた。

迷わずシミュレータが置いてある部屋に向かう。

入ると、思った通りキリヤがコフィンの訓練をしていた。

熱中していて私がいることにも気づいていない様子だったから、近くの椅子に座ってキリヤが気の済むまで待とうと思った。

小一時間《こいちじかん》ほどで、ようやくキリヤはシミュレータ訓練を終えて立ち上がった。

「うわあああああ‼」

思った通りのリアクションで、私は笑ってしまった。

「驚かせてごめん」

「い、いつからいたの……？」

キリヤは私の目を見ずに、天井を見たり床を見たり、忙しそうだ。

その気持ちは、痛いほどよくわかった。

だから、その気持ちを傷つけようとしている自分が、ひどい人間のように思えて仕方なかった。

ジャケットのポケットから、ヨシヲちゃんの人形を取り出すと、キリヤも悟ったのか一気に表情が暗くなった。

「気持ちだけ、受け取っておく」

それ以上の言葉は出なかった。

キリヤは人形を受け取ってくれた。

「エリーを泣かせたら、俺カナタのこと許さないよ」

「その時は……ぶん殴ってやって」

「……ふふっ。そうするよ。ありがとう、エリー。ちゃんと言ってくれて。ていうか、イヤなこと言わせてごめんね。俺、もうちょっとだけシミュレータやってから帰るから、今日はこれで」

「うん」

キリヤはたぶん、泣いてたと思う。

だけどそれを慰めるのは違うと思ったから、私はなにも気づかなかったフリをしてアジトを出た。

アジトの外では、アンジェが待ってくれていた。

アンジェはなんにも言わなくて、ただ両手を広げた。

鼻の奥が急にツーンとして体が震えた私は、たまらずアンジェの胸に飛び込んだ。

それでもやっぱりアンジェはなんにも言わなくて、私の気持ちが落ち着くまでずっとずっと背中をさすってくれた。

「ねえ、アンジェ。私ね、もうひとつだけ行きたいとこあるの」

「ええ、なんなりとマスター。メイガスはいつも恋する乙女《おとめ》を応援するわ」

「ふふっ。ありがと」

私はアンジェと手を繋《つな》いで、約束を果たしに行った。

待つのはやめて、自分から。


カナタのガレージの外にたどり着くと、ノワールがカナタのもとにやってきた日を思いだした。その日の前と後とでは世界が変わってしまったくらいの衝撃だったけど、実は「今」が気に入っている。

たったひとりのメイガスが運命を変えたなんていうのはロマンチックがすぎるかな。

「エリー、入らないの？」

アンジェが背中をツンツンしてきた。

「いま入るって——ヴァっ!?」

一歩踏み出したところで、なにかとぶつかった。

「ッてて……、あれ？　エリー？」

「カナタぁ～？　もう、なによいきなり！」

私がガレージに入ろうとした、ちょうど同じタイミングでガレージの中から現れたのは、カナタだった。

シルヴァーストームを倒したことで、一躍英雄的なコフィンとなったデイジーオーガが、ガレージの中に綺麗《きれい》に収まっていた。

静かな佇《たたず》まいは、戦場で見た鬼のような姿とはかけ離れている。

「これをあの短時間で組み上げたって、ほんと驚き」

「ね。まあ、あの時は必死だったから」

私たちは、並んでデイジーオーガ・アルターを見上げていた。

「わざわざ来てもらってごめんね。一応言い訳すると、ちょうど俺もエリーのところに行くつもりだったんだ」

「遅い〜。シルヴァーストーム倒してから何日経《た》ってんのよ！　あ、ほんとは忘れてたんでしょ！」

「ち、違うってば！　シルヴァーストームと戦ったあとも、その……色々あってさぁ……」

「色々？」

「それはまた今度ちゃんと説明するから」

「あやしい……。またトキオとディザイアネストとかに……って、そっかトキオはまだ病院だっけ」

「そう！　そう！　だからそういうんじゃないから」

「じゃあどういうのよ！」

「だ～か～ら～」

困っているカナタの顔がおかしくて、ついからかいたくなった。

あれ？　なんだか余裕がある気がする。

いつもだったら、カナタに後ろめたそうな事があるとパニックになっちゃうのに。なんだろう、いけそうな気がする。

「とにかく、ヨシヲちゃん。返してくれる？　あれ、私の大切なお守りだから」

「大事にしてくれてありがと」

カナタは手についたオイルをツナギで拭き取って、ヨシヲちゃんのお守りをポケットから取り出した。

すぐに取り出せるあたり、ちゃんとカナタは約束を忘れてなかったんだね。

「あ、あのさ……エリー。良かったら、なんだけど、今度、ご飯でも行かない？」

「え？」

「いやその、お礼も兼ねまし――」

「行く！」

うそでしょー！　これってデートだよね!?

まちがいなくデートよね!?　きゃー！

「あら、なら私もご一緒しようかしら」

ん？

「フーも！」

え？

「あら。それなら私、良《い》いお店を知っていますよ」

ああ、なんて綺麗《きれい》な声……。

「クラウディア!?　フラム!?　シエル!?　なんでみんながここにいるわけ!?」

「アンジェとエリーがふたりで歩いてるところをフーが見つけて～」

「なんだかおもしろそうだから付いてきちゃった、うふっ！」

「ここは私の家でもあるのよ、エリー」

まったくもう。

なんかうまくいってると思ったらこれよ。

どうなってんのよ、私の運命！　仕事して！

「カナタ、どうするのよコレ」

「ど、どうするって言ったって……ま、みんなで行こっか。みんなで仲良く……」

だろうと思った。

けど、私はそういう人を好きになったんだよね。

私は大きく息を吸い込んだ。

「カナタのバカー！」

そう言ってみて、ひとつわかったことがある。

これって、私の告白だったんだってこと。

伝わってるかな？　伝わんないよね。


私はエリー、17歳。

初恋は雨降って、地固まる。

今度は私が、白馬の王子様を追いかける番。

おわり

あとがき

　SYNDUALITY　ELLIEを手に取ってくださった皆様に、心より感謝申し上げます。本作は、多くの方々のお力添えによって完成しました。まずは鴨志田《かもしだ》一《はじめ》先生。企画段階から本編の監修、帯コメントまでいただきました。優しさ溢《あふ》れるコメントに、いつも力をもらっていました。BNFWの松田《まつだ》さん、思えばこのプロジェクトでは長い付き合いですが、この機会をいただいたこと、そして完成まで温かいフォローをいただきました。編集のAさん、行き詰まった時はいつも一緒に答えを探してくださいました。エリーの美学は私たちでたどり着いたひとつの答えだと思っています。それからSYNDUALITYに関わる皆様、このプロジェクトの一員であることは私の誇りです。そしていかなる時も私に力をくれる妻と5人の子どもたち。素晴らしい未来が待っていますように、特別な感謝を捧げます。
　最後に、本作をここまでお読みいただいた皆様。エリーの青春と変化を楽しんでいただけたなら幸いです。ありがとうございました。

MF文庫J

SYNDUALITY ELLIE

2023年9月25日　初版発行

著者　波多野大

発行者　山下直久

発行　株式会社KADOKAWA
〒102-8177 東京都千代田区富士見2-13-3
0570-002-301（ナビダイヤル）

印刷　株式会社広済堂ネクスト

製本　株式会社広済堂ネクスト

Printed in Japan　ISBN 978-4-04-682861-3 C0193

●お問い合わせ
https://www.kadokawa.co.jp/（「お問い合わせ」へお進みください）
※内容によっては、お答えできない場合があります。
※サポートは日本国内のみとさせていただきます。
※Japanese text only
JASRAC 出 2306456-301

◇◇◇

【ファンレター、作品のご感想をお待ちしています】
〒102-0071 東京都千代田区富士見2-13-12
株式会社KADOKAWA　MF文庫J編集部気付「波多野大先生」係「neco先生」係「緑川葉先生」係